TAKE
SHOBO

炎の魔法使いは氷壁の乙女しか愛せない

魔女は初恋に熱く溶ける

クレイン

Illustration
ウエハラ蜂

蜜猫
MitsuNeko

contents

イラスト／ウエハラ蜂

炎の魔法使いは氷壁の乙女しか愛せない

魔女は初恋に熱く溶ける

第一章　化け物の恋

昔々、あるところに、魔力を持つ者たちが密《ひそ》かに暮らす、小さな村がありました。

その頃、魔力を持っている人々は、酷《ひど》い迫害を受けていました。

この世界に魔物が現れたのは、魔力を持った人たちのせいであると、当時は考えられていたからです。

魔力とは神から特別に与えられた、人間を守るための贈り物《ギフト》である、と考えられている昨今では、とても信じられないお話ですね。無知とは本当に恐ろしいものです。

魔力を持つがゆえに住処《すみか》を追われた人々は、迫害から逃れて森の奥深くに密かに村を作り、過酷な状況下で精霊たちの力を借りながら、身を寄せ合って慎《つつ》ましく暮らしていました。

ところがある時、大陸全土を寒波が襲い、作物がまともに育たずに飢饉《ききん》が起き、多くの人々が飢えてしまいました。

けれど、その小さな村は、精霊たちのおかげでそれほどの被害は出ず、わずかながらも蓄《たくわ》えがあったのです。

それを知った魔力を持たぬ者たちの手によって、その村のたった一つしかない井戸に、毒が投げこまれました。

そして、井戸の水を飲んだ村人たちは、そのほとんどが命を落としてしまいました。

彼らが毒などという非人道的な手段を使ったのは、おそらく魔力持ちの人間たちを害することが、魔力を持たない普通の人間には難しかったからでしょう。

もしかしたら、力を持たぬ彼らには、精霊を操る魔力持ちの人間たちが、化け物のように見えたのかもしれません。

そんな彼らにとって、魔力を持つ人間の命など、家畜以下の価値しかなかったのでしょう。

魔力持ちを殺し、その食糧を奪うことを、彼らは罪と認識していなかったのです。

時に人間は、誤った知識、認識によって、悪魔よりも残酷な生き物になり得ます。

ですから皆さんは、常に自分の頭で物事を考える癖をつけましょうね。

周囲が正しいと言ったことが、本当に正しいのか。周囲が悪だと言ったことが、本当に悪なのか。よく考えましょう。

考えることは、確かに面倒なことです。周囲に流されている方が、圧倒的に楽でしょう。

けれどもそんな思考の放棄こそが、罪であると先生は思います。

おや、話がずれましたね。すみません。

さて、話を戻しましょう。こうして魔力持ちを殺した人々は、村を荒らし、そこにあったわずかな蓄えを奪い取りました。

そしてそんな最中に、彼らは村でたった一人、生き残った子供を見つけたのです。

その子供は銀色の髪に、様々な色が複雑に混ざり合った、不思議な蛋白石色《オパール》の目をしていました。

あまりにも異色なその見た目と、魔力持ち故の精霊の暴走を恐れた彼らは、すぐにその子供を殺すことにしました。

するとその時、どこからか不思議な声が聞こえてきたのです。


――審判の時はきたれり。とね。


すると鉈《なた》を突きつけられたその子供は、涙を流しながら、なぜか大きな声で嗤《わら》いだしました。

おそらく絶望のあまり、心が壊れてしまったのでしょう。

尋常ではないその様子に、気味が悪いからと、一人の男が手にある鉈を振り上げたところで。

その子供は虚《うつ》ろな目で、つぶやいたのです。


『――沈め、沈め、沈め。なにもかもすべて、沈んでしまえばいい』

するとその子供の絶望に呼応するように、男の翳《かざ》した鉈に雷が落ち、彼は黒焦げになって死んでしまいました。

そしてみるみるうちに空に真っ黒な雨雲が立ち込め、猛烈な雨が降り出したのです。

その雨は実に一ヶ月以上降り続け、その子供の願いどおり、多くの国を水底に沈めてしまいました。

なんとその子供は、世界を滅ぼしてしまうほどの強大な魔力を持った、精霊の愛《いと》し子《ご》だったのです。

その子を深く愛する精霊たちは、世界を滅ぼしてやりたい、という幼さ故の短絡的で拙《つたな》い願いを、愚直に叶《かな》えてしまったのでした。

人間はくだらない偏見と差別、そしてその残虐性で、精霊たちに対し、自らの存在の価値を否定してしまったのです。

実に愚かしいことですね。皆さんは決して、そんな大人になってはいけませんよ。

◇◇◇◇

魔法学の教師がそんな話をしている最中、授業の終わりを告げる鐘が鳴った。

それを聞いたルイスは内心で安堵《あんど》する。これ以上教師の長話が続けば、間違いなく寝落ちていただろう。危ないところであった。

それでなくともルイスの授業態度が悪いと、先日保護者である祖父の元へ学校から苦情が入り、説教を受けたばかりだ。

祖父は基本穏やかな人物で、ルイスを頭ごなしに怒鳴ったりはしないものの、理責めで懇々と説教をしてくる。

それはそれで、なかなかにしんどいものなのである。

(だって、仕方ないよなあ……)

成長期だからなのか、日々の修行の疲れなのか、最近やたらと眠いのだ。

そんな中、さして興味のない話を延々と聞き続けるのである。

寝落ちるに決まっているではないか、とルイスは思う。

「はい、それでは今日の授業はここまでにしましょうか」

「先生ー！　さっきの話って本当ですかー？」

生徒の一人が手を挙げて質問をした。

するとそんなのは作り話に決まっていると、他の生徒たちが質問した彼を小馬鹿にして笑う。

だがその質問に対し、教師は曖昧な笑顔を浮かべた。

「さてどうでしょう。なんせ六百年以上前のお話ですからね。誰にも真実はわかりません。その時に辛うじて生き残った人間が、子孫に言い伝えた話だと言われていますが、多かれ少なかれ創作は混じっているでしょう。――ですが六百年前、世界規模の大洪水が起きたことは歴史的な事実ですよ。当時、この大陸の人口のおよそ半分が失われたとか」

そのあまりの被害の大きさに、生徒たちは言葉を失い、教室の中がしんと静まり返る。

『死』という概念を持ったばかりの年齢の子供達にとって、具体的な死の数字は、思った以上に恐ろしく感じられたのだろう。

「自然の現象とはとても思えない。何らかの強力な魔法、もしくは精霊によって引き起こされた災害であることは間違いない、というのが精霊魔術を専門とする者たちの見解ですね」

「…………」

その気になれば、世界を滅ぼすことができるような魔法使いや精霊がこの世に存在している、という事実は、やはり年若い生徒たちを怯《おび》えさせるに十分な話だった。

この国は平和だ。誰もが『死』を自分から遠いものと考えている。

「ですがこの時、魔物たちもまたその八割が洪水に巻き込まれ消えたと言われています。もしこの洪水がなければ、私たちは魔物たちに滅ぼされていたかもしれません。その子は人間だけではなく、世界そのものを憎んでいたのかもしれませんね」

――蛋白石《オパール》色の瞳をした、精霊に愛されし哀れで残酷な子供。

「そういえば、蛋白石色の瞳って、大公閣下もそうですよね」

「ええ、そうです。なんせあの方は世界一の魔術師ですからね。蛋白石色は全ての精霊に愛された魔術師だけに顕現する、特別な色なのだそうですよ」

答える教師の目にあるのは、憧憬の色だ。

魔術の心得のある者ならば、誰もがここ、ガーディナー公国の大公閣下を畏れ敬っている。

――そう、ここにいるルイスを除いては。

ルイスは真紅に金色が散った虹彩《こうさい》の瞳を細め、思わず教室の窓から、遠くを見遣《みや》った。

皆が尊敬している大公閣下は、ルイスから言わせてもらえば、心が狭くて大人気ない、どうしようもない中年男性《おっさん》である。

ルイスが幼馴染《おさななじみ》であり彼の娘であるリリアと遊んでいると、いつも遠くから恨めしげな視線を送ってくる。

気になるからやめてほしい。

さらに時折勝手に遊びに混じってきては、ルイスだけをかなり本気で潰しにかかってくる。

大人気ないからやめてほしい。

リリアやその母である大公妃が止めてくれなければ、本気でルイスの命が危うい。

そしてその度に娘に怒られ妻に嗜《たしな》められて、いじけて恨みがましい目でこちらを見てくるのも、やめてほしい。これまた完全なる自業自得である。

どれほどその見た目が美しかろうが、中年男に見つめられて喜ぶ趣味はルイスにはない。

彼はそんなどうしようもない大人であるが、まごうかたなき世界一の魔術師なのである。

（あー。本当に勘弁してほしいぜ、あのおっさん……）

一応大公閣下は偉い人であり、図らずもルイスの魔術の師でもあるのだが、ルイスの中で彼への敬意は今のところ皆無である。

あれで優秀な一国の主《あるじ》だというのだから、世も末である。

なぜあの悪魔のような男から、あの天使のようなリリアが生まれたのかも、心底謎である。

おそらくは、母である大公妃の遺伝子だけが、上手《うま》く娘に遺伝したに違いない。

ちなみにリリアには四歳年の離れた双子の弟たちがいる。彼らは性格こそそれぞれ正反対だが、顔は大公閣下にそっくりだ。遺伝の不思議である。

（さて、帰るか……）

明らかに容量を超えている鞄《かばん》の中に、さらに無理矢理教科書類を詰める。

今日は家に帰ったら、その大公閣下の居城に行かねばならない。

もちろん魔術の修行と、彼の娘のリリアに会いにだ。

つまりは、地獄と天国が同時に味わえる素敵な一日である。

ちょっと胃がキリキリと痛むのは、気のせいだと思いたい。

「それにしても、いくら辛い目にあったって、世界を滅ぼしたいと望むなんて。信じられないわ。巻き込まれた人たちが可哀想よ。そうは思わない？」

急いで教室を出ようとするルイスに、突然隣の席の女生徒が話しかけてきた。

そしてルイスのことを、意味ありげにチラリと上目遣いで見つめる。

正直名前もよく覚えていないが、何故《なぜ》か彼女はやたらとルイスに親しげに話しかけてくるのだ。

ルイスとしては、特に仲良くなった記憶もないのだが。

「…………」

ルイスは一瞥《いちべつ》だけして相手にせずに鞄を背負うと、そのまま教室を出て行った。

後ろで女生徒が何やら文句を言っているが、どうでもいい。

なんせいまだに名前が思い出せないくらいである。間違いなくどうでもいい相手だろう。

（……世界の滅びを望んだことがないってね）

きっと彼女はこれまで周囲に愛され、幸せに生きてきたのだろう。羨ましい限りだ。

ルイスなど物心ついた時から、いつだってこの世界が滅べばいいと思っていたのに。

『いたい、いたいよ……。あついよ……！　にいさま……』

弟を、自分の魔力で酷く傷つけてしまったときも。

『いや！　近づかないで！　この化け物……！』

実の母から遠ざけられ、恐怖に怯えた目で見られたときも。

『この子はもう、私たちの手に負えません』

そしてとうとう実の父親によって、祖父母のところへ捨てられたときも。

ルイスは何度もこの世界の滅びを望んだ。

自分にばかり冷たいこんな世界、消えてしまえばいいと。

だから先ほどの精霊の愛し子の話には、わずかながら感情移入してしまった。

もし当時の自分に、その精霊の愛し子のような強大な力があったのなら、間違いなくこの世界を滅ぼしていただろう。

まあ、当時は苛立ちのあまりうっかり家族で住んでいた家を灰にし、その周辺も燃やし尽くしてしまったわけだが。

「ただいま……」

学校から家に帰れば、いつものように祖母が出迎えてくれる。

「おかえり。ルイス。今日はちゃんといい子にしていたかい？」

もうすぐ七十になるはずだが、軽く三十歳は若く見えるという、今日も化け物じみた祖母である。

そして時折ルイスの母親に間違えられては少し嬉《うれ》しそうにする、妙に可愛《かわい》いところがある祖母でもある。

かつては隣国ファルコーネ王国の国家魔術師であり、治療魔法においては伝説級の人物であるそうだが、ルイスにとってはただの優しい祖母だ。

異常に若く見えるのは、おそらく美容魔術にも精通しているからだろうと、ルイスは勝手に考えている。

「もういい『子』って歳じゃねえし」

「おや、十二歳はまだまだ十分子供だよ。慌てる必要はない。ゆっくり大人になりなさい。私はまだまだ君を可愛がりたいからね」

そして祖母はふふっと肩で笑って、ルイスの燃え上がる炎のような赤い髪を、ぐしゃぐしゃと掻《か》き回す。

こんなふうにルイスに気軽に触るのは、祖父母と大公一家くらいのものだ。

かつての家族はルイスを恐れ、誰も進んで彼に触れようとはしなかった。

「くすぐったいからやめろって」

躊躇《ためら》いなく自分に触れる祖父母の手に、憎まれ口を叩《たた》きながらも、ルイスがどれほど救われたことか。

そんなことは恥ずかしくて、伝えることができないけれど。

「今日も大公閣下のところかい？」

「ああ。荷物を置いたら行ってくる」

「お、ルイス。これからアリスのところか。頑張ってこいよー。生きて帰ってこいよー」

すると居間からルイスに面立ちのよく似た祖父が出てきて、あはは一と笑いながら適当なことを宣《のたま》い、ルイスの背中を軽く叩く。

相変わらず軽い老人である。可愛い孫息子をもう少しちゃんと心配してほしい。

「死なねえよ！　……多分」

なんとか治療魔術師である祖母の、手に負える範囲で帰ってくる予定である。

さて、今日はどんな無理難題を突きつけられることか。

（だがとっとと終わらせて、少しでもリリアと遊ぶ時間を作る……！）

そして今日もルイスは気合いを入れて、大公の住む城へ向かった。

——若干の死の覚悟をしながら。


ルイスの住んでいるガーディナー公国は、建国したばかりの新しい国だ。

何もない場所に一から作られた街は、しっかりと左右対称に区画され、整備されている。

この大陸には元々、隣国であるファルコーネ王国しか存在していなかった。

大昔はもっと多くの国があり、多くの人々が住んでいたそうだが、およそ九百年前、突如人間を捕食する『魔物』と呼ばれる生物が大量に発生、大陸中に蔓延《はびこ》った。

人間達は食い尽くされ、みるみるうちにその人数を減らしていき、六百年前の大洪水により、さらにその数を大幅に減らした。

もはや人類の絶滅は時間の問題と思われたところで、三百年前、唯一最後まで残された人間の国、ファルコーネ王国に一人の魔術師が現れた。

その魔術師は魔力の概念を構築し、魔法という技術を確立させ、ファルコーネ王国を魔物の侵入を防ぐ強力な結界で覆い、人類を守ったのだ。

そうして人々は彼の結界に守られながら、久しぶりにその数を増やした。

けれどその結界は、王都から離れるほどその効力が薄くなるため、王都近くに住むことができない貧しい人々は、相変わらず魔物の脅威に怯えて生活しなければならなかった。

そしてそんな魔物に対抗できるのは、生まれつき魔力を持った人間のみ。

よって強大な力を持った魔術師は国家に雇われ、魔物討伐の任を負った。

今でこそ引退したが、ルイスの祖父や祖母は、そのファルコーネ王国の国家魔術師であったらしい。

「俺は実は昔、ファルコーネの国家魔術師の長《トップ》だったんだぞー！」などと祖父は自慢していたが、なんせ適当な人なので、どこまで本当のことかはわからない。

そして数年前、この大陸にファルコーネ王国の他に新たにもう一つ国が誕生した。

それが今ルイスが暮らしている、ガーディナー公国である。

この国の首長であるガーディナー大公は、元は祖父と同じファルコーネ王国の国家魔術師だったそうだが、竜討伐の恩賞として伯爵位を叙爵され、かつての大魔術師に匹敵するといわれる魔術師としての力で新たに強力な結界を作り魔物達を駆逐、大きく領地を広げた。

そしてファルコーネ王国に対し、一方的に自治権を主張、独立を宣言したのだ。

もちろんファルコーネ王国内からは激しい反発と抵抗があり、彼らは未《いま》だにガーディナーはファルコーネ王国の一部であると主張している。

だがガーディナー大公のあまりに強大な魔力を恐れ、なんらかの対抗措置を取ることもできず、実質独立状態となっているのだ。

（あのおっさん、化け物だもんなぁ……）

かつてはルイスも化け物だと恐れられたものだが、ガーディナー大公に比べれば、自分など至って普通の人間であると思う。

そもそも全ての属性の精霊を完全に支配下に置くなど、普通の人間ではあり得ないことだ。

ルイスは火の精霊に特別に愛されその恩恵を受けているが、その一方で水の精霊とは非常に相性が悪く、水の精霊たちはルイスを嫌がり、一切近付いてこない。

本来ならば、属性とは、そういうものなのだ。

「おう、坊主。いらっしゃい」

ガーディナー城に着けば、勝手知ったる門番が、ルイスを一目見てあっさりと門の中へと入れてくれる。

「お邪魔しまーす。リリアは……」

言いかけた瞬間、何かがルイスに突撃してきた。

柔らかな体に、甘い匂い。その周囲でルイスを厭《いと》い、荒れ狂う水の精霊たち。

「ルイス！　遅いわ！　ずっと待ってたのよ！」

抱きついてきたのは、この国の公女である、リリア・ガーディナーだ。

青みがかった銀の髪に、虹彩に銀が散った、大きくて少し垂れた水色の目。

今日も最高に可愛い、ルイスの幼馴染である。

もちろんそんなことは、口には出せないが。

彼女は、水の精霊に特別に愛されている。

幼い頃柔らかな亜麻色だった髪は、今や彼女を愛する水の精霊達によって、冷たい青銀色に染め変えられてしまった。

「冷たっ！」

彼女の周りの水の精霊達がルイスの周りの火の精霊を嫌がり、その顔に水滴を飛ばしてくる。

少々苛立《いらだ》って、いっそ蒸発させてやろうかと火の精霊に命じ周囲の温度を上げれば、慌ててリリアの背後に逃げてしまった。

「ごめんなさい、許してあげて。あなたが遅いから心配していたのよ」

どうやらリリアは、ルイスをここでずっと待っていたらしい。

それなのになかなかやってこないルイスに、リリアよりも水の精霊が業を煮やしたようだ。

「城の中で待っていれば良かっただろ」

季節は秋だ。そろそろ肌寒いというのに、外で待っているなんて。風邪をひいたらどうするのだ。リリアの体が心配だ。

――とルイスは言っているつもりだが、圧倒的に言葉が足りていない。

リリアはしょんぼりと肩を落とした。

手を伸ばし、頭を撫《な》でてやれば、やはりひんやりと冷えている。

ルイスは着ていた上着を脱いで、いそいそとその細い肩にかけてやった。

女の子は体を冷やしてはいけないのだと、前に祖母が言っていたからだ。

「だって、ルイスが遅いから……」

「これでも急いできたんだよ。学校がある日は仕方がないだろ」

「……いいな。私も行きたい」

リリアもルイスと共に学校に通いたいらしい。だが父である大公に止められているようだ。

確かに一国の公女が突然、一般庶民が通う学校に現れたら、周辺の警備負担が一気に増すであろうし、教師も生徒もやりにくくて困るだろう。

「無理だろ」

だがそれを説明するのも難しくて、またしてもつい冷たい言い方になってしまった。

するとそれを聞いたリリアが、それでなくとも下がり気味の眉を、さらにしょんぼりと下げる。

その眉は、ぐりぐりと触りたくなるくらいに可愛い。思わずルイスが指を伸ばしたところで。

「……っ！」

数えきれない無数の氷の矢が、容赦無くルイスを狙い飛んできた。

ルイスはリリアを巻き込まないよう、慌てて彼女を身体から引き離すと、飛《と》び退《の》いて火で盾を作り、我が身に届く前にその矢の全てを溶かし切る。

「あっぶねー！　そこのおっさ……じゃなくて師匠！　何やってんですか！　リリアに当たったらどうするんです！」

「ふん。安心しろ、この矢にはお前だけを標的にした自動追跡魔法がかかっている。よってリリアには傷一つつけることはない。そしてお前、今、師である私のことを、そこのおっさんとか言おうとしたな」

おっさんはおっさんだろうと思ったが、ルイスは賢明にも黙った。

十倍くらいになって返ってくることが、分かり切っているからだ。

そして氷の矢に自動追跡機能などをつけるあたり、ねちっこいことこの上ない。

さすがは性格の悪さに定評のある、大公閣下である。

「しかも何を勝手に私の可愛いリリアを抱き締めているんだ？　誰の許可を取ってそんな真似《まね》をしている？」

ちなみに一方的にリリアの方がルイスに抱きついてきたのであって、ルイスは特に何もしていない。その背に腕を回すことすら。

——本当は、めちゃくちゃしたいけれど。我慢しているのである。

だが大公は娘の方が積極的という、その事実を受け入れたくないのだろう。

立て続けに今度は、風の刃《やいば》を繰り出してきた。

ルイスは慌てて地面に手を当てると土の精霊に希《こいねが》い、巨大な土壁を作り出してそれを防ぐ。

美しい庭園が大変なことになっているが、全て大公閣下のせいなので仕方ない。

「ほう、火だけに頼るのはやめたのか？」

大公が皮肉げに笑う。

火と風は防御の面であまり相性が良くない。火で風を、風で火を食い止めるのは難しい。

それを教えてくれたのは、目の前にいる男との戦いの日々である。

だからこそルイスは、苦手ながらも他属性の魔法の修行も必死でこなしているのである。

ちなみに水の魔法だけは一向に使えない。ルイスは水の精霊から徹底的に嫌われている。

だが大公は全属性を極限まで使うことができる。まごうことなき化け物だ。

「火一辺倒じゃ師匠に勝てませんからね！」

「ふん。この私に勝とうと思っているのか。烏滸《おこ》がましいな」

そしてルイスが火の魔法ならば負けまいと、火の精霊に命じて頭上に豪炎の玉を作り出し、それに対抗しようとガーディナー大公もまた同じく巨大な火の槍《やり》を作り出したところで。

「消火ぁぁぁー！」

大量の水が、頭上から二人に降り注いだ。

良い歳をしながら大人気ない大人が一人と、思春期に片足を突っ込んだ大人ぶった子供が一人、全身ずぶ濡《ぬ》れになり。

二人の作り出した火の魔法が、じゅっと物悲しい音を立てて消えた。

「父様！　いい加減にして！　ルイスが困っているでしょう！　ルイスもいちいち父様を相手にしなくていいの！」

おそらく二人の頭を冷やさせようとしたのだろう。

水の魔法を繰り出したリリアが腰に手を当てて、ぷりぷりと怒り父とルイスに文句を言う。

すると、大公閣下のその美しい銀色の眉がしおしおと下がった。

ちなみに彼は反省しているのではない。ただ娘に叱られたことに衝撃《ショック》を受けているだけである。

「ははっ……！」

ルイスは水に濡れた髪を掻《か》き上げて、笑った。

リリアと初めて出会った時を思い出したのだ。

そんな彼を見て、リリアが僅かに頬《ほお》を染める。

そう、出会った日もこんな風に、リリアに消火されてしまったのだ。荒れ狂うルイスの火は。

◇◇◇◇

ルイスはファルコーネ王国の王都で、魔力を持たない両親の間に、強大な魔力を持って生まれてきた。

魔力を持つ者同士で番《つが》い子供を持っても、魔力を持って生まれてくるのはおよそ三分の一程度の割合だ。

ルイスの父は偉大なる国家魔術師の両親を持ちながら、魔力を全く持たずに生まれてきてしまった。

そんな彼は、自分の息子《ルイス》が隔世遺伝によるものか、強大な魔力を持って生まれてきたことを、当初は非常に喜んでいたらしい。

だがルイスを、火の精霊がことさら深く愛してしまった。

小さな彼が癇癪《かんしゃく》を起こす度に火の精霊が踊り狂い、周囲を焼き尽くしてしまうようになったのだ。

繰り返しぼや騒ぎを起こす幼い息子に手を焼いた両親は、ルイスに魔力の暴走を抑える腕輪を身につけさせ、息子が感情を荒らげないように、彼を宥《なだ》め賺《すか》し、機嫌を取るようになった。

——幼い子供に、善悪の区別は難しい。

そのためルイスは、彼を怒らせまいとなんでも言う通りにしてくれる周囲の態度に甘え、やりたい放題わがまま放題の暴君に育ってしまった。

誰もがルイスを遠巻きにし、褒めることも叱ることもなく、自ら進んで触れることもない。

だからこそ自分は何をしても許される存在なのだと。ルイスは寂しい心でそう思い込んでしまったのだ。

そして、ルイスが三歳の頃、弟が生まれた。

弟は、父母と同じく魔力を持っていなかった。

だが母は弟を躊躇《ためら》いなく抱き上げ、微笑《ほほえ》み、その頬に口付けを落とす。

ルイスはそんなこと、物心ついてから一度もしてもらったことがないというのに。

母親のルイスを見る目にあるのは、怯えだ。いつも彼から距離を取ろうとしている。

その事実に気付いてしまったルイスは、さらに苛立ちが募った。

自分と弟は違うのだ。自分は魔力を持った選ばれた人間なのだ。だから仕方がないのだと。

そう自分に必死に言い聞かせたが、胸の中にはずっと、モヤモヤしたものが残った。

そしてある日、歩き出した弟が、ルイスの大切にしていた玩具《おもちゃ》を勝手に触り壊してしまった。

それは、今ではすっかりルイスに無関心になってしまった父が、幼い彼に与えてくれた、魔力を込めることで光を放つ、魔力制御を身につけるための知育玩具だった。

それまでの日々で弟に対し、溜《た》め込《こ》んでいたものもあったのだろう。

どんなに魔力を込めても光らなくなってしまったその玩具に、ルイスは怒りを爆発させ、泣《な》き喚《わめ》いた。

すると、手首に付けていた魔力制御の腕輪が砕け散った。

ルイスの強大な魔力が、その腕輪の耐久性能を上回ってしまったのだ。

気がついたときには部屋が、家が、火の海になっていた。

そして弟は、ルイスの生み出した火に呑《の》み込《こ》まれ、駆けつけた魔術師達によって助け出されたものの、身体中に大きな火傷《やけど》を負ってしまった。

最愛の息子を傷つけられた母は、怒り狂った。

その美しい顔を歪《ゆが》ませ、憎々しげな声で『近寄らないで！　この化け物……！』とルイスを一方的に罵り、責め、泣き叫んだのだ。

彼女にとって、ルイスはもう『息子』ではなく、自らの生活を脅かす『化け物』になってしまっていた。

ルイスの父が、当時はまだ伯爵領だったガーディナーに移住していた両親を慌てて呼び出し、治療魔法に通じた祖母により、弟の火傷はほとんど痕を残すことなく癒やされた。

だが弟は、ルイスと火を酷く怖がるようになってしまった。

ルイスがそばにいるだけで、恐怖で泣き叫ぶ有様だ。

『この子はもう、私たちの手に負えません』

そして父は、やってきた祖父母にルイスを引き渡した。何の躊躇《ためら》いもなく。

ああ、とうとう捨てられたのだ、と思った。


――なぜなら、自分は化け物だから。


（もう、どうでもいいや……）

ルイスの絶望に呼応して、火の精霊が周囲を荒れ狂った。

隣にいた父が情けない悲鳴を上げて、その場から逃げ出す。

そして、何もかも燃え尽くさんと、周囲を火の海に変えようとした、その時。

温かく大きな手が、躊躇いなく小さなルイスを抱き上げた。

「おお！　随分と元気だなぁ！」

それははるばるガーディナーからやってきた、祖父だった。

にこにこ笑いながら火に包まれたルイスを抱き上げると、さらにその頬に頬擦《ほおず》りまでしてみせたのだ。

あまりのことに、ルイスは驚き目を見開く。

人から触れられるのが随分と久しぶりで、緊張で体が固まってしまった。

そしてルイスの火が、祖父を傷つけることはなかった。

それどころか操っていた火の精霊は全て祖父の指先に絡め取られ、奪われてしまった。

すると横からも手を伸びてきて、ルイスの頭を撫でる。やはり全く躊躇することなく。

それは、先ほどまで弟の治療をしていた、祖母の手だった。

何が起きたのかわからず、ルイスは茫然自失《ぼうぜんじしつ》していた。何故彼らは自分を恐れないのだろう。

「ねえ、ルイス。じいじとばあばと一緒に暮らしてくれるかい？　やっぱり老人の二人暮らしは寂しいからね」

ばあばというには、あまりにも違和感がある見た目の祖母が、そう言って笑った。

そんな両親と息子を見た父が、わずかに悔しそうな表情を浮かべ、それから深く頭を下げた。

「ルイスを、どうかよろしくお願いします」

父が頭を下げる姿を、ルイスは初めて見た。

あの日は恨みしかなかったが、今ならば父の気持ちも、なんとなくわかる。

これ以上、彼はルイスに他人を傷付けさせたくなかったのだ。

自分の体面のためにも、ルイスの未来のためにも。

そして、それは魔力を持たぬ父では、どうにもできないことだったのだ。

だからこそ、魔術師である両親に、ルイスを託した。

愛があったとは言わないが、少なくとも彼は、ルイスのために自分にできることはやってくれたということだろう。

それからルイスは、祖父母に連れられガーディナーへと移住することとなった。

今でこそファルコーネ王国とガーディナー公国は国が分たれてしまったが、当時のガーディナーはファルコーネ王国の一伯爵領に過ぎなかった。

だからこそルイスの移住が認められたのだろう。これは幸運だったとしか言いようがない。

今ならば、強大な魔力を持った子供をガーディナー公国へ引き渡すなどという、国家規模《レベル》の損失を、易々《やすやす》見逃したりはしなかったであろうから。

ルイスの祖父であるルトフェル・カルヴァートは、かつてファルコーネ王国の首席魔術師であり、ガーディナーの領主とその妻の師でもあったのだという。

その伝手《つて》で、祖父母はファルコーネ王国王都からガーディナーへと移住していた。

ガーディナーの領主であるアリステア・ガーディナーといえば、幼いルイスでも知っているほどの有名人だ。

世界一の魔術師であり、竜殺しの英雄であり、世界有数の富豪であり。

――――国王すらも恐れるという、化け物。

祖父は、そんな偉大なる人物の、魔術の師であったのだ。

日々適当な老人だが、もしかしたら、実は本当にすごい人なのかもしれない。

祖父母に連れられ、ガーディナーに移住してからというもの、ルイスの日々は穏やかだった。

ルイスがどれほど暴走しようが、同じく火の精霊に愛された熟練の魔術師である祖父には到底叶わない。よってルイスは、無駄な抵抗はしなくなった。

祖父母は両親に代わりルイスを愛情深く育ててくれた。

時に褒め、時に叱り、優しく撫でて抱きしめてくれた。

自分よりも明らかに上位の存在がいるという状況は、むしろ幼いルイスに精神の安定をもたらした。

そしてルイスの捻《ひね》くれて凍りついた心は、少しずつ解《ほぐ》れていった。

「この地の領主のところに、ルイスより二歳年下の女の子がいるんだ。とっても可愛い子だよ。一度会ってみないかい？」

そんな折、友達を作ってみたらどうだろう、と祖父母に言われ、連れて行かれたのがガーディナー城だった。

生まれ育ったファルコーネ王国では、小さな子供たちは皆ルイスを怖がり、誰一人近寄ろうとはしなかった。

だからルイスは、五歳になった今でも、年の近い子供と遊んだことがなかった。

どうせ怯えられるから嫌だとルイスは首を横に振ったが、祖父母は会うだけでも、と逃げようとしたルイスを捕獲、抱き上げて強制的に領主の住む城へと連行した。

そうして訪れたガーディナー城は、ファルコーネ王国の王宮よりも規模こそ小さいが、新しく美しい城だった。

中央付近に半球体型《ドーム》の屋根があり、建物を取り囲む庭園には、丹精込めて育てられたのであろう、色とりどりの薔薇が咲き乱れている。

その薔薇の庭園で、祖父母とルイスを出迎えてくれたのが、ガーディナー一家だった。

城主であるアリステア・ガーディナーは、冷たい雰囲気の、寒気がするような美しい男だった。

こんなにも美しい顔を、ルイスは初めて見た。

思わず繁々と見つめていると、視線に気づいた彼がルイスを一目見て、明らかに嫌そうな顔をした。

するとそれを見た祖父が、相変わらず余裕がないと、腹を抱えて笑う。

祖父が、彼の妻の初恋相手であったという事実を知ったのは、随分後になってからのことだ。

心の狭い領主様としては、妻の初恋相手によく似たルイスが、これまた妻によく似た目に入れても痛くない可愛い一人娘の周りをうろちょろするのが、非常に腹立たしかったのだろう。

（ってそんなの知らねえし……！）

明らかにルイスは何も悪くない。むしろ被害者である。勘弁してほしい。

「初めましてルイス君。私はララというの。これからよろしくね」

冷たい雰囲気のアリステアに対し、ララという名の彼の妻は、まるで少女のような風情の、優しげで温かな雰囲気の女性だった。

彼女におっとりと微笑まれると、思わず微笑み返してしまいそうになる。

そしてそんな母のドレスの裾に隠れて、こっそりとこちらを窺《うかが》う瞳があった。

母によく似た、ほんの少し眦《まなじり》の垂れた大きな瞳は、透き通るような水色。その中で銀色が踊っている。

(可愛いな……)

まるで小動物のような可愛らしさに、ルイスは思わず見惚《みと》れてしまった。

するとララがしゃがみ込み、ルイスと視線を合わせて微笑むと、己の背後に隠れた娘に声をかける。

「ほら、リリア。ご挨拶なさい」

母に促され、ようやく出てきたリリアが、恥ずかしそうに頬を染めた。

どうやら人見知りをしているようだ。そんなところも最高に可愛い。

「はじめまして。リリアです」

そして舌足らずな言葉と、はにかむように笑った顔が、やはり最高に可愛かった。

両親に愛されている、幸せな子供。――――自分とは、違って。

だがそこに、どうしようもない断絶を、ルイスは感じてしまった。

「かあさま、だっこ」

やはり恥ずかしくなってしまったのか、リリアが手を伸ばし、母に強請《ねだ》る。

抱き上げられるのが当然として伸ばされる腕。微笑みと共に、当然のように抱き上げられる小さな体。母の胸元に幸せそうにすり寄せる薔薇《ばら》色の頬。

――かつてのルイスがどんなに欲しくても、手に入らなかったもの。

リリアの姿が、弟に重なった。

ルイスの絶望に呼応して、周囲の火の精霊が踊り出す。

騒ぎ出した火の精霊に気付いた大人たちが、慌ててルイスへと意識を向けた、その時。

誰よりも早く、小さなリリアがその異変に気付いていた。

「ばっしゃーん！」

そんな愛らしいリリアの掛け声と共に、ルイスの頭上から、大量の水が降り注ぐ。

そしてルイスにまとわりついた火の精霊を、あっという間に消火してしまった。

「…………え？」

頭からびしょ濡れになり、茫然自失としているルイスを見て、祖父が吹き出した。

「くっ……あはは！　さすがはリリアちゃん！　うちのルイスがすまないな」

してやったり、とばかりに水の精霊が嬉しそうにリリアの周りをふわふわと舞っている。

そしてルトフェルが意味ありげな視線をララに送る。彼女は一つ頷《うなず》いて、娘に声をかけた。

「……リリア。母様と父様はルトフェル様とお話があるから、マリエッタに言ってルイス君の着替えを用意してもらってちょうだい」

「うん！　わかった！」

そう言ってリリアは、ルイスに向けて手を差し伸べた。

「ルイスくん、ぬらしちゃってごめんね。あつくてつらそうだったから」

ルイスが生み出した火が、ルイス自身を傷つけることはない。だが。

確かにルイスは辛かった。自分にはない、幸せな家庭を見ることが。

すると祖母のニコルが、ルイスの小さな背中を労わるように撫でる。

その優しい手に、ふと気付かされる。

ああ、そうだ。自分の手のひらには、まだ残っているものがあったのに。

失ったものばかりを、馬鹿みたいに数えていた。

「……消してくれて、ありがとう。驚かせて、ごめん」

素直に礼を言って、リリアから差し出された手を、恐る恐る握る。

祖父母の硬く乾いた手とは違い、柔らかでふかふかな感触。

――なぜか、涙が出そうになった。

するとリリアが嬉しそうに、その水色の目を細めて笑った。――その瞬間。

繋《つな》いだ二人の手の上から手刀が落ちてきて、その手を引き離した。

「……何を勝手に、うちの娘と手を繋いでいるんだ……？」

手刀を落としたのは、リリアの父であるアリステアだった。

微笑みながらも、なにやら怒りを押し殺した表情をしている。

ちなみに手を繋いできたのはリリアの方であって、ルイスではない。

だが彼の中で、その事実はなかったことになっているらしい。

「オイオイ、そりゃないだろ、アリスちゃん。子供相手にあまりにも大人げなくないか？」

ルトフェルのもっともな指摘に、アリステアが不貞腐《ふてくさ》れる。

「誰がアリスちゃんですか気持ち悪い」

確かにそれは、もうじき四十に手が届く男に対する呼び名ではない。

ルイスは思わず吹き出しそうになってしまった。

「………アリス？　何をしているの？」

すると今度は背後から、彼の妻の、若干低めの困ったような声が聞こえた。

アリステアがバツの悪そうな顔をする。どうやら大人げない自覚はちゃんとあるらしい。

「本当にごめんなさいね。ルイス君。リリア、マリエッタのところまでルイス君を案内してあげてちょうだい」

「うん！　とうさま、ルイスくんをいじめちゃだめだよ！　リリ、おこるからね！」

娘にまで叱られ、しょんぼりしたアリステアを見て、少々溜飲《りゅういん》の下がったルイスは着替えを用意してもらいに、リリアと共に城へと向かった。

リリアの周囲には、水の精霊たちが常に楽しそうに踊っている。

彼女が人並外れた強い魔力を持っていることが、それだけでもわかる。

おそらくはルイスと匹敵するか、それ以上の。

水の精霊はあまり害がなさそうで、そのことを少し羨ましく思う。

ルイスを愛する火の精霊は好戦的で、ルイスの敵になりそうなもの全てを、焼き尽くそうとするから。

「さっきはごめん。そしてありがとう。俺がイライラすると、火の精霊が勝手に暴れちゃうんだ……」

自分がもっとちゃんと感情の制御ができれば、こんなことにはならないのだろう。

けれど、たった五歳の子供に、それを求めるのは酷というもので。

「うふふ。ルイスくんは、おこりんぼうさんなんだねぇ」

リリアはそう言って笑う。その表現の可愛らしさに、深刻に悩んでいたはずのルイスは、思わず毒気を抜かれてしまった。

それはまるで、大したことではないような、幸せな錯覚。

「だったら、ルイスくんの火は、リリがけしてあげる」

そう言って、リリアが笑う。ただ、ルイスのために。

「だから、もう、がまんしなくてもいいよ」

そうだ。これだけ水の精霊に愛されているリリアを、ルイスが害することは難しい。

だから、彼女を傷つける心配をする必要はないのだ。怖がる必要は、ないのだ。

ルイスが怒ったらきっと、彼女がその火を消してくれる。

「……うん」

ぽろっとルイスの目から涙がこぼれた。それは随分と久しぶりに流した涙だった。

「なかないで。わらって。リリ、ルイスくんのわらったかお、みてみたい」

ああ、そういえば随分と長いこと笑っていないな、とルイスは思った。

リリアのために笑ってみたいと思ったが、笑顔を作ることは、思いのほか難しかった。

ただ目を細め、口角を上げるだけのことなのに。

城に入り、マリエッタという名のこの城の侍女長に着替えを用意してもらったルイスは、リリアと共に温められた牛乳を飲み、絵本を読みながらのんびりと過ごした。

そしてその間に、大人たちの間で、ルイスの処遇についての話し合いが持たれたようだった。

年老いた自分では、おそらくは数年のうちに、強大な魔力を持つルイスを抑えきれなくなるであろうことを、ルトフェルは憂いていた。

だからこそ彼は、ガーディナー夫妻に協力を願い出たのだ。

どうかルイスを教え、鍛え、導いてやってほしいと。

彼がその強大な魔力でこれ以上、大切な人を傷つけたりしないように。

ルイスを抑えられるほどの魔術師は、このガーディナー領においても、領主夫妻以外にいなかった。

ルイスをリリアのそばに置くことに、アリステアは当初難色を示したが、ルイスの事情を聞いて、彼に同情し憐《あわ》れんだララが、涙を流しながら娘に年の近い友達を作ってあげたいと主張。妻の涙にとことん弱い彼は、渋々ながらも受け入れざるを得なかったらしい。

さらにララは、感情的になっては魔力を暴走させてしまうルイスに、魔力の制御を教えてあげたいと、彼を自分の弟子にすると言い出した。

久しぶりに弟子をとれると嬉しそうなララに対し、夫であるアリステアはそれを断固として反対、及び拒否。

ララの弟子にするくらいなら、自分が教えるなどと言い出して、急遽《きゅうきょ》ルイスの師匠に収まった。

自分の知らぬところで、まさかそんな恐ろしい事態になっているとは全く思わず、ルイスはリリアと共に、ほのぼのと幸せな時間を過ごしていたのだった。

――あれから早七年。ルイスは十二歳になり、リリアは十歳になった。

その間にガーディナー伯爵領は国として独立を宣言、ガーディナー公国となり、アリステアは大公位に就いた。

ルイスは相変わらず、アリステアに師事しながら、日々彼と戦っている。

すっかりルイスを気に入ってしまったリリアが「ルイスのおよめさんになる！」と宣言したときなど、それに衝撃を受けたアリステアに凄《すさ》まじい魔力を向けられ、失神しそうになった。

なんでも男親ならば一度は憧れる『お父様のお嫁さんになる！』という台詞《せりふ》を、リリアがアリステアに発する前に、彼女の中のその対象がすっかりルイスに移ってしまった、という悲しみが、どうしても止まらなかったらしい。

大人気ないにも程がある。明らかにルイスに罪はない。

そしてめでたくルイスに対するアリステアの心象は最悪なものとなり、日々当たりは厳しい。

この前の学校の長期休暇の時になど、修行という名目でアリステアに結界の外へ連れ出され、魔物がウヨウヨいる森に『自分の力だけで帰ってこい』などと言われてぽいっと放り込まれた。

無茶振りにも程がある。

数えきれないほどの魔物を屠《ほふ》り、心身ともにずたぼろになりつつも、なんとか三日かけてガーディナーの結界内に戻ってくることができたが、本気で死ぬかと思った。

流石《さすが》に殺す気かと勇気を出して大公閣下に文句を言えば、『私がお前と同い年の頃に、お前の祖父に課された修行と同じだが』などと冷たくあしらわれた。なんと元凶は祖父だった。

仕方なく祖父に文句を言ったところ『いやあ、最近耄碌《もうろく》して昔のことがよく思い出せないんだよなあ。すまんすまん』などと宣っていた。相変わらず都合の良い耄碌である。

それから『まあ、流石にアリスもお前が本当に死にそうになったら、助けるつもりだったと思うぞー。多分。少なくとも俺はそうしてたし』などと言われた。

やっぱりちゃんと覚えてるんじゃねえか、と孫は思った。本当に適当な老人である。

そしてあの悪魔のような大公閣下は、絶対にルイスを助ける気などなかっただろう。

（いやあ、俺、よく生きてるなあ……！）

遠い目をしつつしみじみと思う。自分で自分を褒めてやりたい。

だがそんな辛い修行も、可愛いリリアのそばにいるためならばと、ルイスは日々、頑張っているのである。

「ルイス。うちの父様がいつもごめんなさいね……」

ルイスの濡れた髪を見て、リリアの眉が悲しげにしおしおと下がる。ルイスは首を横に振った。

「いや別に。こんなの、ただの修行の一環だし」

リリアは全く何も悪くない。むしろこのような実戦的な修行により、明らかにルイスの魔術師としての腕は上がっていた。

よってリリアは気にしなくてもいいと、ルイスは伝えているつもりなのである。これでも。

やはり全くもって言葉が足りていない。リリアの眉がまたさらに下がった。

「それから服を濡らしちゃってごめんなさい。今、着替えを……」

だがリリアが最後まで言う前に、ルイスは火と風の精霊に命じ、あっという間に服と髪を乾かしてしまった。

ふわり、と彼の鮮やかな赤い髪が舞う。

「いらない。もう乾いた」

これもまたリリアは気にしなくていい。こんなの大したことじゃない。とルイスは伝えているつもりなのである。これでも。

だが、ルイスの優しさを知っていても、さすがにそこまで察することのできないまだ幼いリリアは、寂しげにため息を吐いた。

「……おい、そこの愚弟子《ぐでし》。うちの可愛いリリアに向かって、なんて口の利き方だ」

そして突然の父の口出しに、リリアの普段は垂れ気味の眉が、一気に跳ね上がる。

「父様ったら！　もう！　ちょっと黙っててちょうだい！」

「リリア……！　そいつと父様、どっちの味方なんだ……！」

ガーディナー大公が、今日も大人げなく拗《す》ねている。

もう中年なのだから、いい加減そろそろ落ち着いてほしい。

「……言ってもいいの？」

リリアが片眉を上げ、冷ややかな目で父に言った。

それはもう、答えを言っているようなものだった。

娘とは、なにかと男親に対し厳しい生き物である。

父はこれ以上の心の損傷《ダメージ》を避けるため、賢明にもプルプルと首を横に振った。

ルイスは思わず吹き出しそうになるのを、必死に堪える。

「……あなたもルイス君と同い年くらいのとき、似たようなものだったと思うけれど」

するとおっとりとした優しい声が聞こえ、その場にいた皆が背後を振り向く。

そこにはリリアの母が、頬に手を当て、困ったように微笑んで立っていた。

「ララ……私はもう少しマシだったかと思うのですが」

「あら。そうだったかしら？」

私の記憶違いかしらね？　とくすくす笑いながら小さく小首をかしげる仕草は、少女めいていてなんとも可愛らしい。

そして間違いなく記憶違いではないだろうと、ルイスは思った。

大人はすぐに自分のことを棚に上げるから、卑怯《ひきょう》である。

ガーディナー大公は妻に歩み寄ると、可愛くて仕方がないといった様子で、蕩《とろ》けるように微笑む。

ガーディナー大公の妻への執着と溺愛ぶりは、この国の全国民が知るところである。

ルイスに向けて容赦無く氷の矢を打ち込んできた、先ほどまでの冷酷な彼とは別人のようだ。

「ルイス君。今日も夕食は我が家で食べていくわよね？」

「あ、はい。いつもありがとうございます、ララさん」

するとそれを聞いた大公が、あからさまに嫌そうな顔をするが、ララににっこりと微笑まれると「……食べていけばいいだろう」などと、心にもないことを言ってくれた。

ララは天下無敵のガーディナー大公アリステアの最愛の妻であり、唯一の弱みである。

アリステアは妻の意向には、絶対に逆らえないのだ。

彼がファルコーネ王国と完全に袂《たもと》を別《わか》つ決意を固めたのは、妻の命をファルコーネ王国の先王が危険に晒《さら》したからだと言われている。

一人の女のために一つの国を作ってしまったことからも、彼の妻への想《おも》いが尋常ではないことが察せられる。

（そういうところは、確かにすごいんだよな……）

たとえどれほど大人気なくとも、妻を深く愛し、何よりも大切にしているところは、彼の唯一尊敬できる点かもしれない。

「ルイス！　いきましょ！」

ルイスと夕食まで一緒にいられると、喜んだリリアが小さく飛び跳ねて、彼の腕にぶら下がる。

その様子を父が悲しそうな瞳で見ているが、彼女はもう気にしてやるつもりはないらしい。

「ルイス君。ルトフェル様とニコル様はお元気かしら？」

「はい。めちゃくちゃ元気です。先日も延々と説教されたばかりですよ」

ルイスの言葉に、ララはあらあらと楽しそうに笑った。

するとそれを聞いたアリステアが、片眉を上げた。

「なんで説教されたんだ？」

「ええと、授業中に居眠りをしていたことが、学校から祖父母に通達されまして……」

「育ち盛りだものね。眠くなっちゃうわよね。でもちゃんと授業は受けないと勿体無《もったいな》いわ。大人になるとなかなか学びの時間が取れなくなってしまうものだから」

祖父と大体同じことを、十倍くらい優しく諭され、ルイスは素直に頷いた。

これが祖父に言われたのであれば、口答えの一つや二つしてしまうのだが、ララに言われると素直に聞いてしまう。

子供とは、優しい人が無条件に大好きな生き物なのである。

「……リリア。そろそろいい加減にそいつから離れなさい」

相変わらずルイスにぴっとりとくっついている嫁入り前過ぎる娘が、どうしても気になるのだろう。アリステアがとうとう娘に苦言を呈す。

リリアは少し唇を尖《とが》らせた。そんな様子もとても可愛らしい。

リリアは自分が、父に愛されていることを知っている。

だからこそ、こうして躊躇なく刃向かえるのだ。

一方ルイスは両親に愛されなかった。だからこうして幸せな家庭を見ると、時折羨ましくなって、今でも少し胸が痛む。

けれど一方でルイスは、リリアが幸せな家庭に育ったことを、心からよかったと思っている。

どうか彼女には、このまま一生幸せでいてほしい。辛い思いなど、する必要がないのだ。

「ルイス兄様ー！」

城に入れば、今度は小さな男の子が、ルイスにへばりついてきた。

「マリウス」

焦茶色の髪に、同じく焦茶色の目をした、リリアの弟のマリウスだ。

六歳になったばかりの彼は、非常にルイスに懐《なつ》いている。

「ルイス兄様！　抱っこ！」

「はいはい」

大公の望み通りに、一度リリアから離れると、ルイスは小さなマリウスを抱き上げてやった。

ルイスは十二歳にしては、かなり体が大きい方だ。すでに小柄な成人男性ほどの体格をしている。よって六歳児を抱き上げることなど容易《たやす》い。

母と同じく地の精霊に愛されたマリウスは、やはり母と同じ色彩を纏《まと》っている。

だが顔の造作は父であるアリステアに、良く似ていた。

さらに彼の背後には、銀の髪に青い目の、マリウスと同じ顔をした、冷めた表情の男の子が立っている。

こちらは風の精霊に愛された、マリウスの双子の兄であるユリウスだ。

ガーディナー大公夫妻の三人の子供たちは、皆、強大な魔力をもって生まれてきた。

アリステアがいわゆる遺伝型の魔術師ではなく、突然変異型の魔術師であるかららしい。

祖母に色々と説明されたのだが、ルイスにはいまいちよく理解ができなかった。

「ほら、ユリウスも」

ルイスはそっぽを向いているユリウスに近付くと、空いている方の手でひょいと抱き上げてやった。

「わあ！」

ユリウスは驚いた声をあげ、不服そうな顔をするが、その耳がうっすらと赤くなっている。

子供らしく素直に甘えてくるマリウスとは対照的に、ユリウスは意地っ張りで、そのくせ寂しがりだ。

こちらから構ってやらねば、上手に甘えられない。

「やめろって！　おろせー！」

思わず心にもないことを言ってしまうところも妙に親近感があって、ルイスはユリウスのことも可愛がっている。

本当は下りたくないのだろう。ユリウスはルイスの体にしっかりとしがみついていた。

そんなところもとても可愛い。

「あー！　ユリ、マリ、ずるい！　私もー！」

そして一度離れたリリアも、再度ルイスの背中にへばりついた。

両手にそれぞれマリウスとユリウスを抱き上げ、背中にへばりついたままのリリアを引き摺《ず》りながら、ルイスは食堂に向かって歩いていく。

「あらまあ。うちの子たちは、みんなルイス君が大好きねえ」

子供たちのそんな様子を見て、嬉しそうに楽しそうにころころと笑う妻に、アリステアは少々不貞腐れながらも、珍しく空いた妻の手を取る。

色々と思うところはあるが、ルイスがやって来ると、普段母の取り合いで忙しい子供たちが、皆彼に吸い寄せられてしまう。

そしてアリステアは妻を取り戻し、独り占めすることができる。そのことだけは悪くない。

その場を和やかな空気が包む。幸せな、幸せな、家族の団欒《だんらん》。

――ずっとこんな幸せな毎日が続いていくのだと、その時は皆、誰も疑っていなかった。

第二章　私、国家魔術師になります

「今日でもう丸四年です……」

リリアが唐突に発した悲痛な言葉に、共に食事を摂《と》っている家族の手が一瞬止まる。

主語は抜けているが、彼女が何を言いたいのかは、皆よくわかっていた。

なんせ、ほぼ毎日同じことを繰り返し聞かされているので。

「……あら。もうそんなに経《た》つのね。時間が経つのは早いわね」

母がおっとりと応えれば、リリアは子供のようにテーブルに突っ伏した。

行儀が悪いことは重々承知だが、落ち込んでいるのでそっとしておいてほしい。

ちなみにリリアのぼやきに返事をくれるのは、もう母しかいない。

他の面々は、また始まった、とばかりに呆《あき》れた顔をするだけだ。

ちなみに昨日は、後一日で四年になってしまうと嘆いていた。

「最近では手紙も減ってしまって……心配で仕方がないんです……」

「そう……」

ララが労わるように、リリアの背中を撫でる。

「ルイス兄、向こうで可愛い恋人でもできたんじゃないの？」

もぐもぐとパンを食べながらの生意気な方の弟ユリウスの残酷な軽口に、食堂の温度が一気に下がった。

もちろんリリアの怒りに、水の精霊が呼応したためである。

「ちょっと。寒いんだけど。やめてくれない？」

「お黙り。それ以上喋《しゃべ》ると、氷漬けにするわよ」

「リリ姉様。寒いから落ち着いて」

優しい方の弟マリウスのおっとりとした声に、リリアは深く息を吐いて、心を落ち着かせる。

同じくため息を吐いた父が、火の精霊に命じ、室温を適温に戻す。

「やっぱり浮気の心配した方がいいのかしら……」

「いや、浮気とか以前に、そもそもリリ姉って別に、ルイス兄の恋人でもなんでもなかったよね？」

ユリウスのこれまた容赦のない言葉に、リリアの心が深く抉《えぐ》られ、またしても食堂の室温が急激に下がった。

「こ、婚約者だもん」

「父様は婚約を許した記憶がないが」

「わ、私の中で決まっているんです！」

「こっわ……。だからルイス兄帰ってこないんじゃないの？」

ユリウスがまた余計なことを言い、そろそろ室温が氷点下に届きそうな寒さになってきた。

「だって、前に『お嫁さんにして！』ってお願いしたら『大きくなったらな』って言ってくれたもん」

「そんなの、面倒な子供に言い寄られた際の、体良い断りの常套句《じょうとうく》だと思うけど。本気にする方がおかしくない？」

今日も弟《ユリウス》の言葉があまりにも辛辣である。室温の低下のあまり、とうとう皆の吐く息が白くなってきた。

「ちゃんと帰ってくるって……。待ってろって言ってくれたもん……」

「そりゃリリ姉が泣き喚くから、そう言うしかなかったんじゃない？　実際にルイス兄、帰ってこないし」

「……確かにな。いい加減に諦めたらどうだ？　リリア」

呆れたような父の冷たい言葉に、リリアは顔を上げ、ちょっと垂れたその目元をできる限りキッと釣り上げる。

――諦められる、訳が無い。

「だって、ルイスが好きなんだもの……！　ルイスのお嫁さんになるって、子供の頃から決めていたんだもの……！」

だからそこにルイスの意志は、とユリウスは思ったが、いよいよ食堂が凍りつきそうなので、大人しく黙っていることにした。

「だから私、決めたんです！」

リリアは父の目をまっすぐに見据える。彼が一番の難関であることを、わかっているからだ。

「私、ファルコーネ王国に行って、ルイスと同じ国家魔術師になろうと思います！」


待っていても帰ってきてくれないのなら、追いかけて行けばいい。

リリアの弾《はじ》き出した答えは、単純明快だった。ルイスのそばで、ルイスのために働きたい。

「許さん」

だがそれに対する父の返答もまた短く、にべも無《な》かった。

覚悟していたものの、せめてもう少し考える素振りを見せてくれてもいいのではなかろうか。

リリアは思わず潤んだ目で、父を睨《にら》みつける。

「父様だって、母様だって、元はファルコーネ王国の国家魔術師だったのでしょう？　どうして私は駄目なの!?」

「国家魔術師の殉職率を知っているか？　私は大切な娘をそんな場所へ行かせるつもりはな

い」

「…………」

リリアは押し黙った。この国で、公女として守られながら大切に育てられたリリアは、これまで身の危険を感じたことなど一度もない。

そんな自分がそんな危険な場所で、ちゃんとやっていけるのか。確かに正直自信はなかった。

「私自身、国家魔術師として生きる中で、多くの喪失があった。私はリリアに、そんな思いをさせたくない。……それらはただ、人を歪ませるだけだ」

苦しみも悲しみも、知らないで済むのならそれに越したことはないと父は言う。

それは親として、当然の感情であったのだろう。

「……それはつまり、ルイスが今、そんな場所にいるってことでしょう？」

アリステアは苦々しい表情を浮かべた。

自分の言葉が、逆効果になってしまったことに気づいたのだろう。

「ルイスが苦しい時や悲しい時に、私は側にいたいんです」

一人で耐えるより、寄りかかれる人間が側にいた方が、きっとずっと良いだろう。

「そして彼のその辛さを、分かち合いたいの」

ルイスにとって、弱さを見せられる相手になる。

それはつまり、彼の『特別』になることに他ならない。

手放せないような存在になれたなら、ずっと彼の側にいることができる。

「……」

リリアのそんな心の声が聞こえた気がして、弟二人は震えた。今日も姉が怖い。

「リリアは私に似ているようで、実は父様によく似ているわよね」

うふふ、と母がほのぼのと笑った。全然笑い事じゃないと、息子二人は思った。

――今から四年前。ファルコーネ王国から突然、ルイスの祖父母に召喚命令が下った。

老齢の二人であっても構わないほどに、ファルコーネ王国の魔術師不足は深刻な事態となっていたようだ。

よってファルコーネ国王の名の下に、優秀な魔術師であった二人の帰国命令が下されたのだ。

新しく強固な結界に守られたガーディナー公国とは違い、ファルコーネ王国を守る結界は三百年前に張られた年季ものであり、年々その効力は落ちていた。

そのせいで国内に魔物が入り込み、多くの被害が出ていたらしい。

ファルコーネからガーディナーに流れてくる、難民の数も年々増えている。

できる限りの人道的支援をしているが、勝手に流入してきた他国民に自分達の税金が投入されることを、国民は良しと思わず、不満が溜《た》まっている。

一方で難民たちは、豊かなガーディナー公国の国民との生活格差に劣等感を募らせ、犯罪行為に手を染めることが多い。自国であるファルコーネ王国のことを、未だに宗主国であると思い込んでいるから、尚更《なおさら》だ。

それによって引き起こされたファルコーネ王国との国境付近の治安の悪化に、ガーディナーの国主であるアリステアは、頭を悩ませていた。

そんな中で、ルトフェルとニコル夫妻に帰国命令がでた。

彼らはファルコーネ王国に、子供たちやその家族を残していた。

離れて暮らしていても、大切な家族に変わりはない。

よって魔物に対する捨て駒として呼び戻されていると分かっていても、老夫妻には、ファルコーネへと帰る選択肢しかなかった。

本当に、どこまでも腐りきった国だ。

さらには老いたかつての師を心配し、心を痛めて泣く妻を見て。

(もういっそあんな国、滅びてしまえばいいのではないか?)

などという暴論にまで、アリステアは達していたのだが。

ファルコーネ王国からの召喚命令に、二人の孫であるルイスも怒り狂った。

彼は自分を愛情深く育ててくれた祖父母のことを、実の親以上に大切にしていたのだ。

『ふざけんな!　棺桶《かんおけ》に片足突っ込んでる老人に魔物退治させようなんて、何を考えているんだよ!』

『まだ片足は突っ込んでいないぞー。じい様はこれでも強いから心配するな、ルイス』

『少なくともつま先くらいは突っ込んでるだろ！　……ファルコーネには俺が行く。俺だって元々はあの国の国民だし、俺の方がじい様よりよっぽど役に立つだろうからな。向こうもその方が喜ぶだろう』

そうしてルイスは、祖父母に代わって、ファルコーネ王国に旅立った。

もちろん祖父母は反対したが、彼らに穏やかな老後を過ごさせたいルイスは、それを受け入れず、強引に単身ファルコーネへと向かったのだ。

そんな彼を心配して毎日指折り数えている娘によると、それからすでに四年が経ったようだ。

ルイスは世界一の魔術師であるアリステアが手塩にかけて育てた、優秀な魔術師だ。

奴《やつ》自身に色々と気に食わない点はあるものの、その実力をアリステアは認めていた。

ファルコーネに行ってすぐに、たった十六歳で国家魔術師試験に合格したと聞いたが、当然だろうとしか思わなかった。

おそらくは今頃、ファルコーネ王によって、良いように扱《こ》き使《つか》われているのだろう。

機を見てガーディナーに帰る、などと言っていたが、帰らせてもらえるわけがない。

（……馬鹿な奴だ）

ずっとあのままガーディナーにいれば、そんな苦労もせずに済んだだろうに。

あんな国、とっとと見捨てて帰ってくれば良いものを。

馬鹿みたいにお人好《ひとよ》しな愚弟子は、そんなこともできないのだ。

こっちはルイスの帰りを待って泣く娘が可哀想で、辛くて見ていられないというのに。

なんでもそのファルコーネ王国では最近新たな王が立ち、必死に国の立て直しを図っているようだが、未だ目に見える成果は出ていない。

ちなみに即位してすぐに若きファルコーネ王から、ガーディナー大公家の長女であるリリアとの政略結婚を持ちかけられたが、もちろんアリステアは一蹴した。

今更あの国と縁戚関係になったところで、なんの旨味《うまみ》もない。

そもそもあの国の王に嫁いだ娘が、幸せになれるとも到底思えない。

新興国であるガーディナーとは違い、古きファルコーネには厳格な身分制度があり、国の上層部にいる貴族どもは、貴い血などというくだらない選民思想に囚《とら》われている。

彼らがかつて平民であり、孤児であったアリステアを、軽んじ蔑んだように。

祖父のルトフェルが正統なファルコーネ貴族であるルイスはともかく、アリステアの出自を知っている者たちは、その娘であるリリアが王妃として嫁いだとしても、血筋を理由にまた軽んじ蔑むことだろう。

大切に育てた娘に、あのような惨めな思いをさせるつもりはない。

「私は、ファルコーネに行きます」

「駄目だと言っている」

だというのに父の心も知らず、娘はそんなことを言い出したのである。許可など出せるわけがない。

なぜ嫁入り前の可愛い娘を、そんな腐り切った場所へ送り出せねばならないのか。

「私、もう十八歳なんです！　成人しているんです！　自分のことは自分で決めます！」

リリアは先月、十八歳になった。

この国の法によれば、これにてめでたくリリアは成人となり、親の許可がなくとも、自己に対する裁定を下せるようになった。

「……嫁入り前の娘の裁可権は、父親にあるものだ」

娘を守りたい一心で、思ってもいないことを、あえてアリステアは言った。

どうしても、娘を危険な場所へ行かせたくなかったからだ。

国家魔術師がいかに危険な職業か。自分がその場に身を置いたからこそ知っている。

「……わかりました。では計画を変えます」

対するリリアの目は据わっていた。この娘が、父の言うことを素直に聞くはずがなかった。

「だったら私、ファルコーネ王国へ行って、まずはルイスのお嫁さんになります！」

リリアの最終目的は、ただ、これに尽きる。

「嫁に行ったのなら、もう父様の命令を聞く筋合いはありませんものね」

娘は、転んでもただでは起きなかった。

墓穴を掘った父は、この世の終わりのような顔をする。

元々この娘が父の言うことを素直に聞いたことなど、ほとんどないのであるが。

ちなみに母は、そんな父娘の言い合いを、あらまあと微笑ましく見ていた。

そして弟二人は『うわあ』とばかりに、引いた顔をしていた。

姉《リリア》の中でルイスの元に嫁に行くことが、やはり勝手に決定事項になっている。

貰《もら》う側のルイスの意志が、これまたまるで考慮されていない。

（だって、このままじゃ何も変わらないもの……！）

この愛情の深すぎる父の庇護《ひご》下にいては、リリアは甘やかされたまま、いつまでも独立も結婚もできない。

なんせ、リリアが子供の頃から『リリアは結婚なんてしないで、このままお父様のそばにずっといればいいいだろう』などと宣う阿呆《あほう》な父である。

どれほど居心地が良くても、ここから独立せねばなるまい。

そして何よりも、リリアはルイスのことが心配で仕方なかった。

父の言う通り、殉職率が高いということは、彼は危険な場所にいるということではないか。

今頃辛い目に遭っているのかもしれない。苦しんでいるのかもしれない。悲しんでいるのかもしれない。想像するだけで胸が潰れそうだ。

そしてなによりも愚弟ユリウスの言う通り、他に恋人ができてしまったのかもしれない。

そんなことを想像するだけで、世界を凍り付かせてしまいそうだ。

なんせルイスは、世界で一番格好良いのである。

――もちろん、リリアの目から見ての話であるが。

物心付くかつかないかくらいの頃から、リリアは彼のことが、好きで好きでたまらなかった。

絶対に、彼のお嫁さんになるのだと、心に決めていたのだ。

ただ待っているだけは、やはり性に合わない。

(――それに)

リリアが手のひらを広げれば、そこにキラキラと雪の結晶が舞う。

己の魔力が非常に高いことを、リリアは知っていた。

自分ほど水の精霊に深く愛された存在は、おそらく他にはいまい。

『――持てる者の義務、というものがあるのよ』

大公妃として社会福祉の充実に力を入れている母が、よく言う言葉だ。

弱い者を守ることは、強い者の義務であるのだと。

獣であれば、弱肉強食が基本なのだろう。

けれど、自分たちは人間だから、社会を構築し助け合うのだと。

ならば、自分のこの能力を生かさないことは、むしろ罪ではないのか。

うまく使うことができれば、多くの人を救えるかもしれない、この魔力を。

両親はリリアを真綿で包むように、大切にしてくれる。

きっとここで、両親に守られながら生きることの方が、圧倒的に楽だろうけれど。

「私だって国家魔術師になって、世のため人のために尽くしたいんです！」

だがその言葉は、妙に白々しく食堂に響いた。

リリアの気持ちに嘘《うそ》はないのに、家族の目が白け切って非常に冷たい。何故だ。

「今更もっともらしいことを言っても、全然説得力がないよ、リリ姉。どうせルイス兄のところに行くための方便でしょ」

ユリウスが冷めた口調で言う。どうやら全く信用されていないらしい。

弟のあまりの言い草に、本当なのに、とリリアは地味に傷ついた。

「とにかく、この話は終わりだ」

父に話を打ち切られる。もうこれ以上はリリアの話を聞かない、とばかりに。

そうなると、父は本当に話を聞いてくれないのである。なんせ、頑固なので。

「父様の馬鹿ーっ！　自分だって母様に追跡魔法やらなにやら沢山かけて追いかけ回しているくせに！　よく言うわ！」

リリアは寝台に飛び込んで叫んだ。父に聞こえたかもしれないが、かまうものか。

親という存在は何故自分のことを棚に上げて、子供を叱るのか。実に納得がいかない。

だがこの家では、父が否と言ったら否である。それを覆《くつがえ》せる可能性があるのは、母だけだ。

けれど母もまた心配そうな顔をしていたから、そう簡単に許してはくれないだろう。

――――こうなればもう、リリアが取るべき手段は一つである。

普段通りに過ごしながら、リリアは虎視《こし》眈々《たんたん》と家を出る準備を始めた。

ちなみにこれは家出ではない。正当なる独立である。なんせもうリリアは十八歳なのだ。

結婚して子供がいても、なんらおかしくない年齢なのである。

このままルイスの帰りを待っていたって、何にも起こりはしない。ただ無駄に年を取るだけだ。

やはり、自分自身が動かなければ。

だが国一番の魔術師である父には隙がない。

この城の内部には、警報魔法やら、追跡魔法やら、捕縛魔法やらがそこら中に仕掛けられている。

それこそ父の性質のように、実にねちっこくて面倒な罠《わな》ばかりだ。

それらにひっかかからずにこの城から逃げ出すことは、非常に難しい。

リリアは、何度も果敢に家出という名の独立運動を敢行したが、毎回あっさりと父に捕まってしまう。

（まさかあんなところに、魔力の糸が網状に張り巡らせてあるなんて……！）

今日もそれに絡まって動けなくなっているところを、父に捕獲されてしまった。

残念なことに、これによりとうとう記念すべき二十回目の家出失敗を迎えた。

（あの糸を、音を立てずに切る方法を考えなきゃ……）
けれどもリリアは諦めなかった。
このねちっこい性格は、何を隠そう父譲りである。
（ルイスに、会いたい……）
寝台の中で体を丸め、リリアはルイスの顔を必死に思い出す。
気がつけば最後に会った時のルイスよりも、自分は年上になってしまった。
十六歳の時の彼だって、本当に格好良かったのだ。
今の彼は、どれほど格好良くなっているのだろう。
ユリウスの言う通り、もう可愛い恋人ができてしまっているかもしれない。
そう思うと、リリアの心に重く真っ黒な何かが溢《あふ》れてくる。
やはりそれは、断固として認められない。許せない。
なんせリリアは出会いから実に十五年、ルイスだけを想い続けてきたのだ。
今更どこの馬の骨かもわからぬぽっと出の女に、ルイスを奪われてなるものか。
思考が完全に悪役だが、気にしてはいけない。
この恋の前には全てが瑣末《さまつ》である。

そっけない態度をとるくせに、世話好きで、本当は優しい人。

リリアが泣けばいつも、泣き止《なや》むまでずっと側にいてくれた。

（そう簡単に諦めてたまるもんですか……！）

振られてしまったのなら仕方がないけれど、その時もちゃんと、彼の言葉で振ってほしい。

そうしなければ、この十五年にわたる恋心が、あまりにも可哀想だ。

正直なところそんな場面を想像するだけで、涙が出て、外に雨を降らせてしまうけれど。

（とにかくもう、時間がないわ……）

年に一度しかない、国家魔術師の試験の日程が、いよいよ迫っていた。

間に合わなければ更にまた一年、その時を待たなければならない。

こうなったらもういっそ城の一部を得意の水魔法で押し潰し破壊して抜け出そう、などと過激なことをリリアが考えたところで。

部屋の扉が、小さくノックされた。

「リリア、入っても良いかしら？」

「あ、はい！」

これが父や上の弟ならば絶対に開けなかったが、大好きな母の声だったので、リリアは慌てて寝台から飛びおりる。

走り寄って扉を開ければ、今日もふわふわな母が、微笑んで立っていた。

そののほほんとした雰囲気に、我が母ながら側にいるだけでほっこりと癒《いや》されてしまう。

「ねえ、リリア。母様、今から国境付近の難民集落へ視察に行くのだけれど、あなたも一緒に行かない？」

突然の母からの誘いに、リリアは目を瞬かせる。

ファルコーネ王国から、魔物に追われた貧しい難民が、ガーディナー公国に大勢流れてきていることは知っていた。

優しい母がそのことに、ひどく心を痛めていることも。

だから視察自体は、それほど違和感がある話ではなかったのだが。

「……行きます」

リリアの言葉に、母はにっこりと微笑んだ。

◇◇◇◇

その日、ルイスの職場に手紙が届いた。不幸の手紙だった。

なんせ、いつものリリアからの手紙かと思いきや、差出人がこの上なく不穏な人物の名前だったからだ。

「……嘘だろ？　おい……」

慌てて封を切り、中身を読んでみれば、なんでも国家魔術師試験を受けに、リリアがファルコーネ王国に襲来するという。

よって面倒をしっかり見ろ、虫を一切近づけるな、お前も絶対手を出すな。できるなら早々に諦めさせて家に返せとの、ルイスの魔術の師でもあるガーディナー大公、アリステアからのお達しだった。

やはりまごうかたなき不幸の手紙であった。

なんでリリアの暴走を止めなかったんだと、ルイスは頭を抱える。キリキリと胃も痛む。

リリアはここファルコーネ王国にとって、劇物《げきぶつ》だ。

なんせあの化け物、ガーディナー大公の最愛の娘である。何かがあったら国際問題は必至。送り込まれてもファルコーネ王国側も持て余すであろう、とんでもない災厄娘《カラミティ》。

（しかも国家魔術師とは……）

リリアは魔術師としては天才だ。さらに公女として生まれ育ち、一般教養においても完璧だ。

国家魔術師試験は本来ならば非常に倍率の高い難関試験だが、天才な上に最上級の教育を受けて育ってきたリリアなら、容易く突破するだろう。

だが、国家魔術師とは、言うならばファルコーネ王家の犬だ。

名誉と高額な報酬と引き換えに、一度王家より命を受ければ誰よりも危険な場所へ行き、我が身を顧みず魔物を討伐しなければならない。

何故そんなものに、輝かしい未来が約束されたガーディナー公国の公女がなりたがるのか。

その理由は、一つしか思い当たらなかった。

――うぬぼれではなく、ここに自分《ルイス》がいるからである。

「……良い子に待ってろって言ったのに」

いつか一人前になって、リリアの父でありルイスの師であるガーディナー大公に一泡吹かせられるだけの実力ができたら、彼女を迎えに行こうと思っていた。

結局日々の魔物討伐に忙殺されて、随分と待たせてしまっていたが。

どうやらリリアは、これ以上は待てぬと、色々と理由をつけてルイスを追いかけてきてしまったらしい。

彼女らしいといえば、実に彼女らしい。

いつだってリリアは大人しく待っていてはくれない。行動力の塊なのだ。

信用のない自分がいささか悲しいが、彼女のそんな気質もルイスは好ましく思っていた。

出会った時からずっと変わらない。ルイスの特別で大切な女の子。

けれども照れ屋で奥手のルイスに対し、愛されて育ったリリアは積極的で、基本的に繊細さ《デリカシー》に欠けている。

二人きりなどになって、猛攻を受けたらどうなることか。

（しかもリリアも、もう十八歳になっているんだよな……）

最後に会ったのは、彼女が十四歳の頃だった。行かないでくれと泣いた顔を思い出す。

当時、リリアは自身を淑女《レディ》であると主張していたが、ふっくらとした頬がまだあどけなく、天使のように可愛らしかった。

一体どんな女性になったのだろう。想像して、沈んだルイスの心がわずかに浮上する。

すぐにガーディナーへ帰すことになるだろうが、少しでもリリアに会えるのは嬉しい。

「ヨハネス。悪いが今日は早退させてもらう」

ルイスが同じ部屋にいる上司に願い出れば、彼はその形の良い金色の眉を訝《いぶか》しげに上げてみせた。

「おや、君が早退なんて珍しいね。自他共に認める仕事中毒者のくせに」

「人を勝手に中毒者扱いするな。好きで仕事してるんじゃない。終わらないから仕方なくやってるだけだ」

優秀で尚且《なおか》つ人格もまともな人間のところに、仕事は集まるものである。

よってルイスの机には、今日もやたらと仕事が積まれていた。

「ふうん？　まあいいけれど。そう言えばさっき来ていたガーディナー大公からの手紙はなんだったんだい？　随分と厳重に封印魔法がかけられていたけれど」

なるほど、だからあらかじめ中身を検閲《けんえつ》されてなかったのかと、ルイスは理解する。

あの封印は、ルイスの魔力によってのみ、解けるようになっていた。

ファルコーネ王国が誇る魔術省といえど、ガーディナー大公アリステア手ずからの封印を解けるような魔術師はいない。

封印製作者の人格に多々問題はあれど、相変わらず素晴らしい魔法技術だ。

ちなみに上司はそんなアリステアに心酔している。

憧れの存在からの手紙に、興味津々のようだ。

「この国に災厄がやってくるんだとさ」

「……え？　なにそれ。ちょっとやめてよ。怖いんだけど」

なんせ天下無敵のガーディナー大公からのお達しである。

確かに信憑性《しんぴょうせい》が高くて怖いだろう。

ルイスは思わず吹き出してしまった。

「それでは陛下。本日はこれにて、お先に失礼いたします」

それまでと打って変わって、恭しくルイスは頭を下げる。

それを受けて気持ち悪そうに肩を竦《すく》めると、ルイスの直属の上司でありこの国の王である、ヨハネス・ファルコーネは、ルイスを追い払うように手を振った。

ファルコーネ王宮を出てルイスは、リリアを迎える準備に頭を巡らせた。

まずは、彼女の滞在する場所を確保せねばなるまい。

魔物を怖がる金持ちたちが王都に集中するため、王都は常に物件不足だ。

若い女性が住めるような、治安の良いところの物件となると、まず簡単に見つかるとは思えない。

そもそもリリアは公女であり、家事などしたことがないはずだ。

つまりは彼女の世話をする人間も雇わなければなるまい。

またリリアがどれだけの荷物を持ってくるかも未知数だ。

なんせ彼女は、世間知らずのお姫様なのだから。

考えることとやることの多さに、どうしたものかと軽い頭痛に苛《さいな》まれながら、ルイスはまずは自宅に向かう。

ルイスのファルコーネ王国における自宅は、王都郊外にある小さくて古い一軒家だ。

ガーディナー大公家がファルコーネ国内に持っている唯一の不動産であり、なんでも元々は大公妃が暮らしていた家であるらしい。

思い入れの深い家のようで、ルイスがファルコーネに戻る際、きれいに使うことを条件に、大公夫妻が貸してくれたのだ。

疲れ果てたルイスがため息を吐きながら鍵を開け、古ぼけた木の玄関を押し開いたところで。

「ルイス！　お帰りなさい！　ご飯にする？　お風呂にする？　それともわ――」

「わ――――！」

皆まで聞かず、叫んだルイスはバタン！　と勢いよく玄関を閉めてしまった。

なんだか、とんでもないものを見てしまった気がする。

ルイスが恐る恐るもう一度玄関を開けると、やはりそこにはふりふりとレースがふんだんに使われた桃色のエプロンをつけて、可愛らしく唇を尖らせたリリアが立っていた。

随分と身長が伸び、女性らしい体つきになった。

記憶よりも少し大人びたその顔は、やはりとても可愛い。——だがそんなことよりも。

「んな！　なんで⁉」

あまりにも到着が早すぎる。襲来を告げる手紙をもらってから、まだ一刻も経っていない。

さらにはどうやって人の家に勝手に入ったのか。

しかもその意味ありげなエプロンはなんなのか。

「なんでって、ここは元々父様と母様の家だもの。ルイス君と一緒に住んだらどうかしらって母様が合鍵をくれたの。エプロンは、これまで家事をしたことがないから、まずは形から入ろうと思って買ってみたのよ。ちなみにさっきの台詞は、最近読んだ恋愛小説から引用してみたんだけどどうかしら？」

そのルイスの中に渦巻く言葉にならない疑問を、リリアは完璧にスッキリと答えてみせた。

さすがは十年来の幼馴染、言葉の足りないルイスをよく分かっている。

それからエプロンをつけた姿をルイスに見せつけるように、くるりと一回回ってみせる。

ふりふりとしたその姿は可愛い。非常に可愛いのだが。

それでいいのか大公妃様《ララさん》。ルイスは思わず頭を抱えてしまった。

嫁入り前の娘を、あっさり一人暮らしの若い男の家に放り込まないでほしい。

「会いたかったわ！　ルイス！　お仕事お疲れ様！」

そしてルイスが玄関をくぐれば、待ってましたとばかりにリリアが飛びついてきた。

最後に会った時にはなかった、大きな二つの膨らみが、素晴らしい弾力をもってルイスに押し付けられる。

（うおわあああ……！）

見た目にそぐわず初心《うぶ》なルイスは、心の中で叫んだ。

根性がなく背中に回せない手を、ワキワキさせてしまう。

なんとか落ち着こうと一つ深く呼吸をしたら、うっかりリリアの甘い匂いを吸い込んでしまった。なにやら下半身に響いて死にたくなってくる。

すると水の精霊たちがピシャッとルイスの顔に水を飛ばしてきて、一気に正気に戻った。

そうだ、こんなことをしている場合ではなかった。ルイスは初めて水の精霊に感謝する。

「……リリア。お前、今すぐガーディナーに帰れ」

濡れた顔を拭いながら発したその言葉は、思ったより冷たく低く響いてしまった。

リリアの肩が怯えたように、びくりと震える。

しまった、と思ったが、一度口から出してしまった言葉は戻らない。

「いや。絶対に帰らない。だってやっとルイスに会えたんだもの……！」

そして、リリアは離されまいと、さらに強くルイスにしがみついてきた。

「ファルコーネは、ガーディナーのように安全じゃないんだ」

「大丈夫よ。私は強いもの。自分の身ぐらい自分で守れるわ！」

何を言っても説得は難しそうで、ルイスは困って指先で額を押さえた。

リリアは非常に意志が強い。自分で決めたことを覆すことは、ほとんどない。

「……ルイスは、私がここにいると困る理由があるの？　ま、まさか、こ、恋人が、いる、とか……？」

どうやらリリアはルイスに他に恋人がいるのではないか、と疑っているらしい。

動揺からか視線を宙に彷徨《さまよ》わせ、言葉を噛《か》む様子が非常に可愛らしい。

残念ながら、ルイスは上司に仕事中毒を疑われるくらいに仕事三昧で、色っぽい話とは、とんと無縁であった。

「そんなものはいないが」

リリアに誤解されることが嫌で、はっきりと言えば、彼女は目に見えて顔を輝かせた。

「だったらお願い！　今すぐ私をルイスのお嫁さんにして！」

そして唐突に求婚してきた。結論が早い。しかも飛躍し過ぎだ。

もう少しくらい、躊躇してくれても良いと思う。

そういえば小さな頃から、彼女はしょっちゅうルイスに求婚してくれたのだった。

『――リリをルイスのおよめさんにして！』

変わらぬ懐かしい響きに、思わず頬が緩む。

それからその度に、ガーディナー大公が荒れ狂っていたことを思い出し、胃がキュッと縮こまった。

けれども一つわかるのは、子供の頃からリリアが、今も変わらずルイスを想っていてくれているということで。

「お願い！　絶対に幸せにするから！　絶対に大切にするから！　絶対に後悔はさせないから！　どうかここで、ルイスと一緒に暮らさせて……！」

「…………」

圧が凄《すご》い。今日もリリアが元気に暴走している。

それは本来、男が言うべき言葉ではなかろうか。

自分もリリアの十分の一でも素直に言葉が紡げたら良いのに、と思う。

けれども彼女の気持ちが嬉しく、胸に温かなものが溢れてしまって、言葉にならない。

「……ダメ？」

うるうると涙を湛《たた》えた大きな水色の目で、縋《すが》るように乞われれば、比較的太めと自負しているはずのルイスの理性の糸も、うっかり切れそうになる。

魔術師は早婚が推奨されている。少しでも多く魔力を持った人間を増やすためだ。

よってルイスがここでリリアに手を出したとしても、きっと誰も文句は言うまい。

――そう。ルイスの師匠であり、ガーディナー大公である彼女の父親以外は。

「…………」

生存本能からか、あの恐ろしい大公閣下のやたらと達筆な手紙の文面が、頭の中に鮮やかに蘇《よみがえ》った。

ルイスの理性と背筋が、すんっと一気に凍りつく。

(このまま無責任に手を出したことが露見したら、師匠に殺される……！)

それはもう、間違いなく瞬殺されるだろう。

危ないところだった。正気に戻ったルイスは、そっとリリアの体を引き離した。

拒否されたと思ったのか、明らかにリリアが傷付いた顔をする。

ルイスの心がしくりと痛んだ。

リリアの気持ちは本当に嬉しいのに、自分とてリリアのことを大切に想っているのに。

(――今はまだ、その時じゃない)

なんせ彼女は自分とは違い、幸せな家庭で、大切に育てられたお姫様なのだ。

安易に手を出して良い相手ではない。

彼女は誰よりも、幸せにならなければならないのだから。

だが思いのほかしょんぼりとしてしまったリリアに、口下手なルイスはなんと言い訳をしたら良いのかわからず、黙りこむしかなかった。

「いきなり来て、変なことを言い出して、ごめんなさい。こんなの迷惑よね……」

どうやらその沈黙を、詫《わ》びるリリアに、ルイスは慌てて首を横に振った。

目を潤ませながら、詫びるリリアに、ルイスは慌てて首を横に振った。

迷惑などではない。むしろ久しぶりに彼女の顔を見ることができて、とても嬉しかったのだ。

「でも私、ここを追い出されても、行くところがないの……。もうガーディナーに戻るつもりはないし」

しおらしく、弱々しく俯《うつむ》くリリア。

確かに国家魔術師試験の日程が迫っていて、王都内の宿屋はどこも受験生で満室だろう。

そして王都は住宅難が進んでいる。リリアを追い出したところで、彼女が新たに住む家を、短期間で探すことは困難だ。

「……だったらしばらくここにいればいい。俺は仕事でほとんど家に帰らないし」

ならばこの可愛い同居人を受け入れざるを得ない。仕方ない、仕方ないのだ。

何故かルイスはここにいないリリアの父に、心の中で必死に言い訳をする。

部屋は余っているし、いざとなれば自分がこの家を出て、王宮の仮眠室か何処《どこ》かで寝れば良いだけの話だろう、などと考えていたところで。

「本当？　ありがとうルイス！」

ぱあっと笑ってリリアがまた抱きついてきた。子供の頃のように。

そんな風に無邪気に抱きつかれたら、拒否などできるわけがない。

ふかふかと柔らかな体に、初心なルイスの心臓が早鐘のように打ち鳴らされる。

勇気を出して、恐る恐るその背中に手を回せば、嬉しそうにリリアがルイスの顔を覗《のぞ》き込《こ》んで笑った。

リリアは元々可愛い子であったが、そこへ大人っぽさが加わり、さらに綺麗《きれい》になっていた。

その垂れ気味な大きな目も、小さな鼻と口も、着ているワンピースを大きく盛り上げている胸も。

なにもかもが、罪深いほどにルイスの好みである。

きっと表に出れば、彼女に求婚する男が列を成すことだろう。

そのことを思えば、胸が痛んだ。

（早く堂々と求婚できるようになろう）

ルイスがそんな健気《けなげ》な決意を固めている横で。

（よし！　なんとかうまく転がりこめたわ！　ルイスと一緒に暮らしている間に、なんとか既成事実を作らなくっちゃ！）

などとリリアが強《したた》かに考えていることに、彼はまだ気づいていなかった。

第三章　私、これでも強いんです

「めでたく首席で合格しました！　これで晴れて私も国家魔術師です！」

合格証を見せつけ満面の笑顔で報告すれば、ルイスの端正な顔がわずかに引き攣《つ》った。

おそらくリリアが国家魔術師試験に落ちて、そのままおとなしく実家に帰ってくれれば良いとでも思っていたのだろう。だが、考えが甘いのである。

リリアは言動こそ残念だが、基本的には自他共に認める天才である。

「そうか、おめでとうリリア」

だがすぐに気を取り直すと、ルイスは笑って祝ってくれた。

一方的に押しかけてきたリリアでさえ、ルイスは突き放すことができない。

本当に、馬鹿みたいに優しい人なのだ。

よって既成事実などができてしまったら、何がなんでも責任をとってくれるはずである。リリアの狙いはそこだ。

だが一緒に暮らし始めて早一ヶ月。ルイスは容易そうに見えて鉄壁であった。

わざと薄着で前を歩けば、体を冷やすなとせっせと上着を着せられるし、寝室にはしっかりと鍵が閉められ結界が張られているし、そもそも本当に仕事が忙しくてほとんど家にいない。よって未だリリアは、口付けすら成功していない。計画は予定よりかなり遅れている。

優しく弧を描くルイスの唇を、リリアは若干恨めしげに見つめる。

柔らかそうなそれに触れられるのは、一体いつになることか。

「お祝いをしなきゃな。何か美味《おい》しいものでも食べに行くか」

「お外に食べに行くよりも、ルイスの作ってくれた料理を家で食べたいわ」

まったく家事の経験がないリリアに対し、ルイスは実にそつなく家事をこなした。

もともと祖父母の家で育ち、子供の頃から家事の手伝いをしていたかららしい。

一緒に暮らし始めてすぐに、リリアは自分の家事における戦力外さに絶望した。

この一ヶ月。とりあえず掃除と洗濯はなんとかこなせるようになったが、料理だけはどうしてもできない。

そんなリリアのために、仕事で忙しい中でもルイスが作ってくれた料理は、素朴でとても美味しかった。

好きな人が作ってくれたものだから、さらに美味しく感じるのかもしれない。

実家にいた頃、母に請われて、父が時折料理を作ることがあった。

それを美味しそうに食べる母を、父が蕩けそうな顔で見ていたことを思い出す。

基本的に父は、性格にやや難があるものの、なんでもできる有能な男なのだ。

（料理くらい、父様に習っておけばよかった……！）

後悔は先に立たない。これからの自分に期待である。

リリアのささやかなお願いを、ルイスは嬉しそうに快諾《かいだく》してくれた。

「そうか。わかった。じゃあ何か美味《うま》いものを作ってやる」

それからくしゃりと笑って、リリアの頭を優しく撫でてくれる。その瞬間に。

（だからそういうところなのーっ！）

と、リリアは叫びたくなるのである。この男、無意識で罪深いのだ。

ルイスの優しさは、さりげない。けれど心に響くのだ。

おかげでリリアは繰り返し、毎日のようにルイスに恋をしてしまう。

受け入れてもらえないのなら、嫌いになれたら、どんなに楽だろう。

（――でも、そんなの無理だから）

ルイスを嫌いになる自分など、想像がつかない。

だったらもう、手に入るまで頑張るしかないのだ。

「ああ、そういえばリリア。お前、正装になりそうな服を持ってるか？」

「ドレスならいくつか母様に持たされているけれど」

「さすがはララさん。元国家魔術師なだけあって良くわかってるな。試験が終われば毎年国家魔術師の任命式と、それを祝う祝賀会が催されるんだ。国王陛下も参列なさるから、正装が必要になるんだよ。……それにしても、お前がガーディナーから出てこられたのは、やっぱりララさんが協力したからなんだな」

懐かしそうに、ルイスは笑った。

——あの日、母《ララ》は娘《リリア》を連れて国境付近の難民の集落へと向かった。

ファルコーネからの難民たちは、逃げる最中に魔物に襲われた者も多く、傷付き疲れ果てていた。

衛生状態も悪く、異臭が漂う中、それでもララはそんな彼らに躊躇《ためら》わずに優しく声をかけ、食料や消耗品を配って回った。

これまで見たことのないような深い傷に怯えながらも、リリアもまた得意な治療魔法で怪我人の手当をし、必死に母を手伝いながら、隣国ファルコーネ王国の現実を知った。

ガーディナーで生活をしていると、魔物に遭遇することはまずない。

けれどファルコーネでは、日常的に魔物が出没するのだ。

『……現実はきっと、あなたが思うより、ずっと過酷よ』

重い母の言葉に、確かに自分の考えは甘かったのだと、リリアは思った。

母やリリアに向かって、元々ガーディナーにいた魔物たちが新たな結界により押し出されたせいで、ファルコーネに流れたのだと、根拠のない流言から怨嗟《えんさ》の言葉を吐く人もいた。

初めて人から向けられた明確な悪意に、震えた。

『──それでも行くの？』

珍しく真剣な表情の母に問われ、けれどもリリアは、躊躇わずに頷いた。

難民の集落で、少しでも人の役に立てたという成功経験は、むしろリリアの迷いを払拭した。

こんな自分でも、ルイスのそばで、彼のために、できることがある。

するとララは、あらかじめ用意していた荷物や旅費、それからルイスの家の鍵をリリアに渡して、ガーディナーとの国境から、ファルコーネ王都までの馬車を手配してくれたのだ。

『そしてこれは父様からよ。お守りですって』

そう言って蛋白石《オパール》のような、様々な色が複雑に混ざり合った、小さな魔石の腕輪をリリアにつけてくれた。

つまりこれは父が、納得はしておらずとも、許可はくれたということで。

反対されたまま、無理矢理家を出ようとしていたリリアは、安堵で涙がこぼれた。

やはり本当は、大好きな家族を裏切るような形で、家を出たくはなかったのだ。

『いってらっしゃい、愛《いと》しい子。あなたの未来が、幸せなものでありますように』

そして相変わらず少女のように笑う母に見送られ、リリアは生まれ育った場所から旅立ったのだ。

「……まあ、確かに。あの師匠を説得できるのは、ララさんしかいないよな……」

しみじみと言うルイスに、リリアは笑う。つくづく、あの二人も不思議な関係だと思う。

父は世界一の魔術師で、冷徹な施政者でもありながら、優しく穏やかな母に、いまだに一切敬語を崩さないほどに、頭が上がらないのだ。

母はたまに『私の可愛いアリス』と父を呼ぶ。

父はデレデレと喜んでいるが、その度にリリアの中で『可愛い』の概念が破壊されてしまう。

あの父の一体どの辺が可愛いというのか。

(まあ、私のルイスは可愛いけれど)

だがリリアのその『可愛い』も、おそらくは多くの人に否定されるだろう。

ルイスは目鼻立ちの整った美形であるが、真紅の眉がキリリと凛々《りり》しく、男らしい精悍《せいかん》な顔立ちをしている。

どちらかといえば、強面《こわもて》に分類されるだろう。

所謂《いわゆる》『可愛い』という言葉には、到底そぐわない容姿をしている。

だが笑うと眦に小さな皺《しわ》ができて、子供のような印象になるのだ。そこがまず可愛い。

照れると案外わかりやすく、赤面をしてくれるところなんかも、可愛い。

リリアが抱きつくと、困ったようにその凛々しい眉を、情けなく下げるところも可愛い。

つまりルイスはどこもかしこもが可愛い、という結論にリリアは至る。

じっと見つめると、しばらくは頑張って目を合わせてくれるが、そのうち堪えられなくなって目を逸《そ》らしてしまい、わざとらしかったかと心配して、チラチラとこちらを覗《うかが》ってくるところなど、最高に可愛いのだ。

リリアは真《ま》っ直《す》ぐにルイスを見つめ、彼が居た堪《たま》れなくって目を逸らす前に、口を開く。

「私はちゃんと覚悟を決めてここにいるの。そう簡単に投げ出したりしないわ」

ルイスはわずかに目を泳がせ、一つため息を吐くと、何気なくリリアの手をとって、その手首で光る魔石を眺める。

「こんなに小さな石に、膨大な魔力と数えきれないくらいの魔術式が組み込まれている。こんなものを作れるのは、世界広しと言えど師匠だけだろうな。……愛されているな、リリア」

「うん。……でもちょっと怖いのよね」

二人で顔を見合わせ、同時に小さく吹き出して、声を上げて笑った。

一体この小さな石に、どんな魔術が組み込まれていることやら。

今度暇があったら二人で解読してみよう。そんなことを言って笑い合う。

「そうだわ。国家魔術師試験に合格したって、父様と母様に報告の手紙を書かなくちゃ。ルイスもその任命式と祝賀会に参加するの？」

「ああ、急な任務が入らなければな」

「楽しみだわ！　ねぇルイス。だったら私のパートナーになってくれる？」

すげなく断られることを覚悟して、リリアは明るく誘ってみる。

想いの天秤《てんびん》は、いつだって自分の方がずっと重い。

だからこの思いの重さを悟られないように、あえて軽く言葉に出すのだ。

彼が、断ることに罪悪感をもたないように。そして、結論を急がぬように。

へらへらと笑いながら、何気なく手を差し出す。

本当は震えそうなくらいに、緊張しているのに。

「わかった。まかせとけ」

だがそんなリリアの決死のお誘いは、あっさりと受け入れられた。

差し出した手を包み込むように握り込まれ、思わずリリアは涙が出そうになった。

（やっぱり好き……！）

いつか好きの天秤が、ちゃんと釣り合ってくれればいい。そう願わずにはいられない。

だがもちろんそんな痛々しくも重い想いを悟られないように、リリアは「わーい！」などと精一杯子供のような声を上げて、ルイスに抱きついて誤魔化《ごまか》した。

「わあ！　リリアお前もう少し慎みをだな！」

突然の抱擁に慌てているルイスを見て、やっぱり可愛いとリリアは笑った。

その後、予定通り、新たな国家魔術師の任命式と、それに伴う祝宴が王宮で催された。

リリアは深い青地に、裾と袖に銀糸で刺繍《ししゅう》の入ったドレスを身に纏った。

ガーディナー大公家の娘であることは隠しているため、質素すぎず、されど贅沢《ぜいたく》すぎない品の良いドレスだ。

ちなみにファルコーネでは母の旧姓を使用し、リリア・ブラッドリーと名乗っている。

さすがに隣国の公女であることを、公《おおやけ》にすることはできないためだ。

本当はパートナーであるルイスの纏う色に合わせ、赤いドレスが着たかったのだが、リリアの青銀色の髪の色に暖色は壊滅的に合わないため、泣く泣く諦めた。

隣に立つ、正装の上に国家魔術師の長衣を羽織ったルイスは、今日も最高に格好良い。

ルイスは長身で父よりも背が高く、魔術師のくせに騎士のようながっちりとした体格をしており、リリアは随分首を上に傾けなければ、彼の顔を見ることができない。

そんなルイスのエスコートを受け、彼の腕に手を絡める。

そこで、ルイスのカフスボタンが水宝石《アクアマリン》であることに気付く。

それは、リリアの瞳の色だ。

（わあ……！）

おそらく一応はリリアのパートナーとして、考慮して身につけてくれたのだろう。

ルイスは口に出さないだけで、細かなところに気を配ってくれる人だから。

どうしようもなくリリアの心が沸き立って、思わず泣きそうになった。

やっぱり似合わなくても、外から見える場所で赤を使えば良かったと、後悔してしまう。

一人一人合格者の名が呼ばれ、国家魔術師の長衣《ローブ》が国王によって授与される。

今回の試験も何百人もの魔術師が受けたはずだが、合格したのは僅か十数人だった。

「リリア・ブラッドリー」

首席であるリリアが最後に呼ばれ、ファルコーネ王国の国王陛下の前へと進み出る。

「おめでとう。これからのそなたの活躍に期待する」

そう言って微笑む国王陛下は、随分と若い。二十代半ばくらいだろうか。

すこし軽薄そうな雰囲気があるが、黄金の髪に青玉の目をした、繊細な顔立ちの美男だった。

これからしばらく、リリアが仕える相手だ。

「ご期待に添えるよう、尽力いたします」

リリアは淑女然と腰をかがめ、長衣《ローブ》を受け取った。

重厚な絹で作られたそれは、手にずしりと重く感じられた。

長衣の授与が終わり、各々の歓談ののち、やがて楽団による音楽が流れ始める。

「……久しぶりに踊るか？」

ルイスの誘いに、リリアは一も二もなく飛び上がって頷く。

子供の頃、リリアのダンスの相手は、大体ルイスか弟か父だった。

「では、踊っていただけますか？　お姫様」

ルイスがその大きな体をかがめて、リリアに手を差し伸べる。

「よろしくてよ」

すまして言ったつもりだが、声に喜びが溢《あふ》れ出てしまった。

それを聞いてルイスが小さく笑う。

差し出されたルイスの硬く大きな手のひらに、一回り以上小さな自分の手をそっと乗せると、しっかりと握り締められ、体を引き寄せられた。

それからリリアの肩甲骨の辺りに、ルイスの右手が当てられる。普段触れられない場所に温《ぬく》もりを感じ、リリアの体が自然と緊張する。

それから至近距離で。互いに見つめ合う。

ルイスの真紅の目の中に、金の虹彩が踊っている。その色はいつ見ても本当に美しい。

流れる音楽に呼吸を合わせ、共に足を踏み出す。

踊りながら、会場を反時計回りに回る。

小柄なリリアに合わせ、踊りやすいようにとルイスが背中を丸めてくれる。

そんなところが、たまらない。

(可愛い、好き……！)

リリアは日に十回は軽く思うことを、また思った。

そして楽しい時間は、あっという間に過ぎるものだ。

気が付けば、曲が終わろうとしていた。

（え、もう終わってしまうの……）

渋々ながらリリアは、くるりと体を一回転させてから礼をする。

それを受けて、ルイスも礼儀正しく礼をする。

まるで二人だけの世界のような時間が惜しくて。

もう一曲踊らないかと、リリアがルイスに声をかけようとした、その時。

「私とも一曲踊ってはいただけませんか？」

待ち構えたように、背後から声をかけられた。

ルイス以外とは踊るつもりがさらさらなかったリリアは、思わず一瞬面倒そうな顔をしそうになり、慌てて笑顔を作り直して声の方へと顔を向け、言葉を失った。

にこにこと楽しそうに笑いながらこちらへ手を差し伸べているのは、この国の国王陛下、ヨハネス・ファルコーネだったからだ。

さすがに国王陛下の誘いを、無下に断ることはできない。

ちらりとルイスを伺う様に見上げれば、彼は呆れたような顔をしながらも、頷いた。

正直なところ気は進まないが、仕方がない。

「光栄ですわ」

リリアはにっこりと微笑んで、ヨハネスの手をとった。

音楽が始まり、ヨハネスと踊り出す。

ヨハネスは素晴らしい踊り手だったが、慣れていない相手だからか、違和感が拭えない。

やはりルイスとのような、一体感はないのだ。

「初めまして。リリア公女」

ヨハネスに耳元で囁《ささや》かれ、リリアは目を見開き、緊張で身を固くする。

「ああ、ルイスが密告したんじゃありませんよ。実はガーディナー大公から、娘をくれぐれも頼むと、ほとんど脅しのような親書が届いたのです」

「……そうだったのですか」

どうやら父は、リリアの身の安全のためできる限り手を回しているらしい。

相変わらず心配性なことだと、小さく笑う。

父は酷く臆病で、だからこそ大切なものは自分の手の内にしっかりと仕舞《しま》い込《こ》んで守ろうとする癖があるのだと、かつて母が言っていた。

(困った人なのよね……)

けれどもおかげで、リリアは両親からの愛を、一度たりとも疑ったことがない。

思わずふと頬を緩めれば、ヨハネスが眩《まぶ》しいものを見るように、美しい青玉の目を細めた。

「もちろん国家魔術師の試験では一切不正はしていませんよ。合格はあなたの実力です」

「ふふ。ありがとうございます。そちらは全く疑っていませんわ」

なんせ父は、リリアが国家魔術師になることに最後まで反対していたのだ。

父の力で無理矢理不合格とすることはあっても、その逆はあるまい。

「……それにしても、お美しい。ガーディナー大公が心配するのもよくわかる」

「まあ、お上手ですこと」

リリアとしては、父やら弟やらといったとんでもない美形に囲まれて育ってきたために、それほど自分の顔を美しいと感じたことはなかったのだが、褒められれば素直に嬉しいものだ。

「実はかつて、私はあなたに結婚を申し込んだことがあるのですよ」

「…………は？」

初耳である。まるっきり初耳である。リリアは驚き目を見開いた。

「もちろんあなたの父君に、けんもほろろに断られてしまいましたが」

「まあ……」

苦笑いする国王ヨハネスに、リリアも思わず失笑する。

父のことだ。リリアに伝えるまでもなく、独断かつ速攻で断ったのだろう。

隣国の国王陛下との縁談を、あっさりと。

相変わらずとんでもない人である。

（……あいつら、くっつきすぎじゃないか？）

一方、そんな二人の様子を、ルイスは苛々《いらいら》としながら見つめていた。

美男と美少女の対に、お似合いだとばかりに周囲が感嘆のため息を吐いている。

ダンスをしながら微笑み合う姿は、確かに恋人同士のようだ。ルイスなどよりも、ずっと。

音楽が終わり、足を止めて恭《うやうや》しく礼をする二人に足早に近づくと、ルイスは無理矢理リリアの手を取った。

それを見たヨハネスが、面白そうに片眉を上げる。これは、後で絶対に揶揄《からか》われる流れだ。

だがそれでもこれ以上ヨハネスのそばに、リリアを置いておきたくなかった。

リリアも驚いたのか、それでなくとも丸い目を、さらに丸くする。

「今日は、俺がパートナーだろう……？」

まるで子供のような言種《いいぐさ》に気づき、羞恥のあまり、ルイスの頬が染まる。

釣られるようにリリアの頬も赤く染まる。ルイスからの独占欲が嬉しいらしい。

それを見たヨハネスは、楽しそうにいやらしく笑った。

「いやあ、リリア姫。やっぱり我が国の王妃にならないかい？」

「なっ！」

ヨハネスの言葉に、ルイスが慌てる。

だがリリアは、困った人間を見る目でヨハネスを見た。

「謹んでお断りいたしますわ。私が好きなのはルイスだけですもの」

そしてはっきりと断ると、目に見えて安堵したルイスの腕に自らの腕を絡め、彼に寄りかかってうっとりと微笑んでみせた。

「私は、ルイスのお嫁さんになると決めているんです。申し訳ありません」

それを聞いたルイスの顔が真っ赤になり、リリアもつられて真っ赤になり、ヨハネスはぶはっと勢いよく吹き出して、腹を抱えてゲラゲラと笑った。

「流石《さすが》はガーディナー大公の御息女《ごそくじょ》。怖いもの知らずで実に良い！」

リリアはルイスのために、一国の王妃の座もあっさり蹴ってしまうのだ。

そう思ったら思わずニヤニヤ笑いが止まらなくなってしまい、ルイスは慌てて手で顔を隠す。

「大体ヨハネス陛下が欲しておられるのは、私ではなく父が作った様々な魔術装置でしょう」

強固な結界に覆われたガーディナー公国とは違い、ファルコーネ王国はゆっくりと、滅びの道へ進んでいる。

それを食い止められる可能性があるのは、おそらく世界一の魔術師であるリリアの父だけだ。

「いやあ、もちろん私は君自身も気に入っているけれどね。流石に親友の大切な子に手を出すわけにはいかないからね」

「ヨハネス……陛下」

普段のように名前で呼んでしまい、ここが公の場であることを思い出して、ルイスは慌てて敬称を言い足す。

「正直なところ、君の父君に助力願いたいのは事実だが」

ヨハネスは肩をすくめて戯《おど》けてみせた。

だがその顔には、滅びゆく国の施政者としての苦悩が透けて見えた。

「……まあ、そんなことは今ここでリリア姫にすべき話でもないな。すまなかった。残りの時間を楽しんでくれ」

ヨハネスはからりと笑って、いつものように手をひらひらとさせて、その場を後にした。

残されたのは、年甲斐もなく顔を赤らめてモジモジしている、幼馴染二人である。

「……ヨハネス……陛下は何度もガーディナーに救援を求めているんだが、あまり良い返事がもらえないみたいでな。リリア自身に何かを求めている訳ではないと思うんだが」

ルイスが困った顔で言う。リリアは思わず俯いてしまった。

「前に母様が、この国の先王陛下に殺されかけたことがあって。それが父様は今でも許せないらしくて……」

そんな話を聞いていた上に、さらに年老いたルイスの祖父母がこの国に召喚され、代わりにルイスが行く羽目になり。

リリアは、正直なところ、そんな身勝手なファルコーネ王国が、心底大嫌いだった。

ここに来るまで、この国にも自分と同じように、泣いて、笑って普通に生きている人間がいるという感覚が、なかった。

もちろん良い人ばかりではないけれど、そんなことはガーディナー公国とて同じだ。

一部を見て、それがまるで全てのように感じてしまった自分の不明を、リリアは恥じる。

「あー、そりゃあ師匠も、この国に関わりたくなくなるよな」

けれどルイスは責めるようなことは言わず、ただ淡々と事実だけを述べた。

「まあ、父様も遅かれ早かれ何かしらの介入はすると思うわ。……カーディナーも、無尽蔵に難民を受け入れることはできないもの」

「そうだな。……正直、状況はあまりよくない。ファルコーネにある結界が、どんどん力を失っているんだ。結界の影響の強い王都付近に住めない貧しい民が、魔物たちの餌食になっている。国家魔術師で魔物の討伐をしているが、まったく追いついていないのが実情だ」

そして、魔物を恐れたファルコーネの民たちが、難民となってガーディナー領に流れ込んでいるのだ。

今日はリリアの祝賀会に参列するため、なんとか休みを取ることができたようだが、優秀な魔術師であるルイスは、ほとんど毎日魔物討伐の任務に追われている。

いつ過労で倒れてもおかしくないと、リリアは日々心配しているのだが。

(それなのにまともに家事もできない私って、本当に役立たずだわ……)

リリアは落ち込んだ。

リリアもできることを探して、できるだけのことをしているが、やはり自分が転がり込んだせいで、ルイスの負担が増えていることは否めない。

一人分だったものが二人分になったところで大して手間は変わらないから気にするな、などとルイスが優しいことを言うのもいけない。余計に好きになってしまうではないか。

そして、そんな優しいルイスだからこそ、苦しむこの国の人々を、見捨てられない。

「折を見て父様に相談してみる。ファルコーネを救う方法はないのかどうか」

方法さえ教えてもらえれば、自分達でもなんとかできるかもしれない。

「ファルコーネの国民全員で、仲良くガーディナーへ移住、というのも一瞬考えたけれど、物理的に無理よね。ファルコーネはガーディナーの五倍は広いし、国民の数も五倍多いし」

「無理だろうな。そんな簡単な問題じゃない」

(それならルイスは、ずっとこのままここで魔物を討伐し続けるの……?)

きっと、そうなのだろう。ルイスは目の前で苦しんでいる人を、見放すことができないから。

優しくて、愚かな人。どうしてそこまでするのかと呆れるし、憤るけれど。

そんなルイスだからこそ、リリアは愛さずにいられないのだ。仕方がない。

リリアがそっとルイスを見上げれば、彼は何かを目で追っていた。

おそらくは無意識のうちなのだろう。

女性だったらどうしようと、その視線の先を追ってみれば、そこには一人の中年男性がいた。

おそらくはその身なりからいって、国の高官だろう。

そこでリリアは、とあることに気づいてしまった。

（……似ている）

そう、その男性は、ルイスに面立ちがよく似ていた。

ルイスをもっと神経質そうにして、ひと回り小さくして、歳を取らせたような。

（──ルイスのことを、捨てた人）

ルイスの両親に対し、正直なところリリアは、悪い心象しかない。

子供にとって、親とは残酷なまでに世界の全てなのだ。

たとえそれが、どれほど悪辣な人間であったとしても。

かつてのルイスが、どれほど彼らに愛されたいと願ったか。

ルイスの小さな姿を想像するだけで、どうして、とリリアの心は焦燥に焼ける。

自分を捨てた親を、それでも無意識のうちに目で追ってしまう、ルイスの気持ちが切なくて痛くてたまらない。

（じわじわと足元から凍らせて、散々苦しめた上で凍死させてやろうかしら……）

おっとりした見た目にそぐわず、喧嘩《けんか》っ早《ぱや》く過激なリリアはそんなことを密かに考えたが、当事者であるルイスが静観しているのに、ほぼ無関係な自分が勝手に手を出すわけにもいかず、ぐっと我慢した。

本当はルイスが受けた深い心の傷について、その父親の前で当てつけの様に吐き出してやりたくてたまらないけれど。それはリリアの気持ちが軽くなるだけの我儘《わがまま》だ。

隣にいるリリアの不穏な雰囲気に気付いたのか、ルイスがぞくりと大きく体を震わせた。

もちろん誤魔化す様に、リリアはにっこりとルイスに微笑みかける。

いけない。うっかり雪の結晶を少々周囲に散らしてしまった。感情と魔力の制御は、大切なのである。

ルイスは、元はここファルコーネ王国の貴族、カルヴァート子爵家の分家の出身だ。

カルヴァート家は古くから続く魔術師家系の名門であるが、現在国家魔術師の地位を得ているのは、ルイスの外に二人ほどしかいない。

国家魔術師の試験は非常に難しい。魔術師の家系に生まれたからと言って、簡単にその資格を得られるわけではない。

国家魔術師になると、それだけで男爵位と同程度の爵位があるとみなされるほどだ。

そしてルイスは、その国家魔術師であり、魔術師長も兼任しているファルコーネ王国国王ヨハネスの最側近でもある。

かつて忌み嫌われたカルヴァート家の忌み子は、その家の誰よりも、高みに登ったのだ。

だがそれに対し、ルイス本人は特に何の感慨もないようだ。

そんな謙虚なところが、またルイスの美点ではあるのだが。

（まあ、今更勿体無いって思い返したって絶対に返してあげないんだから！　逃した魚は大きいって思い知らせてやらなくちゃ！）

などと、謙虚さのかけらもないリリアは大人気なく思うのだ。

ルイスがガーディナーからファルコーネに来て、四年。

末端とはいえ貴族であり、文官として働いている父と、幾度か王宮ですれ違うことはあったものの、互いに干渉することなく、挨拶すらもしないような仲らしい。

彼らも捨てた息子が成功し出世したからといって、今更親としての権利を主張するような真似はできないのだろう。

その程度には、恥を弁《わきま》えたまともな思考をしているということだ。

もう息子と和解したいとも、許されたいとも、彼らは思っていないのだろう。

潔《いさぎよ》いとは思う。だがそれはそれで、あまりにもルイスが哀れだ。

だってそれは、彼が完全に両親から切り捨てられてしまったということで。

どうやら父親と目があってしまったらしいルイスが、慌てて目を逸らす。

そしてリリアに気づかれていることを察し、困った様に笑ってみせた。

「……仕方がなかったんだと、今は思う」

彼の両親は二人とも、魔力を持っていなかった。荒ぶるルイスを止める術がなかったのだ。

「あの人たちも、苦しんだんだろうさ」

（優しすぎるでしょ……本当に）

ルイスはもっと、あの人たちを、憎んで良いと思うのに。

「それに今じゃ俺は陛下の側近だからな。変なことを陛下に吹き込まれないかと、彼らも正直気が気じゃないだろう。心の中にずっと残る、不快な小さな棘《とげ》にでもなれてりゃそれでいいさ」

そんなことをするつもりは、微塵《みじん》もないくせに。

憤るリリアを慮《おもんぱか》って、そんな露悪的なことを言う。

リリアはずしりと胸が重くなった。

ルイスのように、馬鹿みたいに善良な人間を目の前にすると、どうにかしてやりたくて、悔しくて苦しくて、たまらなくなる。

けれども、ルイスは同情が欲しいわけではないのだろう。

だからリリアはにっこりと明るく笑って、話題を変える。

彼のために、いつだって明るく元気なリリアでいたいのだ。

「そういえばルイス。そのカフスボタン、私の目の色に合わせてくれたのね！」

するとルイスは悪戯《いたずら》が露見した子供のように、「まあな」と少し恥ずかしそうに笑った。

「ごめんなさい。私の目や髪の色だと赤はあんまり似合わなくて……」

リリアがしょんぼり肩を落とすと、ルイスが驚いたように目を見開いて、首を振った。

「そんなこと、気にすることじゃない。俺はただこのカフスボタンが気に入って、つけているだけだからさ」

ほら、またそうやってリリアが気にしないようにと、不器用ながら優しい言葉をくれるのだ。この男は。

だからリリアは彼の耳元に口を近づけて、そっと囁いた。

「そのかわり、今ドレスの下に着けている下着のリボンの色は赤なのよ。見てみる？」

「んなっ……！」

するとルイスの耳が、真っ赤に染め上がった。

それを見て、リリアは小さく声を上げて笑った。

任命されたその日から、リリアは、国家魔術師として働き始めた。

だがやはり、ガーディナー大公家の公女を危険な目に遭わせるわけにはいかないのか、魔物討伐ではなく、治療魔術師としての裏方の仕事ばかりが回される。

本当はルイスの任務の補助につきたいのだが、彼はその実力により危険な仕事ばかりに回されており、とてもではないが新米国家魔術師であるリリアには声がかからない。

二人で格好良く華麗に魔物を倒していく様を妄想していたリリアは、当てが外れて少々落胆していたりする。

「仕方がないだろう？　お前に何かあれば一気に国際問題だぞ」

珍しく早く家に帰ってきていたルイスが、風呂上がりのリリアの髪を乾かしながら言う。

自分の髪は高火力で一気に乾かすくせに、リリアの髪は傷むからとわざわざ火と風の精霊に命じてぬるめの温風を作り指先に纏わせ、ゆっくりと乾かしてくれる。

（至福……！）

頭皮を滑る、ルイスの指が心地よい。リリアは思わずうっとりと目を細めてしまう。

ルイスは忙しい中でも、空いた時間にこうしてせっせとリリアの世話をしてくれる。

リリアは、本日五回目くらいの「だからそういうところなの……！」が出そうになった。

「確かに治療魔法には自信があるのよ。なんせニコル様直伝だもの。でも私、魔物退治だってできると思うの」

「……そうか。リリアは俺の代わりによくじい様のところに顔を出してくれていたんだな」

「……だって、ルイスの大切な人は、私にとっても大切な人だもの」

ルイスがファルコーネに行って以後、彼の祖父母の元へ、リリアは頻繁に顔を出すようにしていた。

父も母も天涯孤独で、祖父母と呼べる存在がリリアにはいない。

だからルイスの祖父であるルトフェルと祖母であるニコルに、実の祖父母のように懐いていたのだ。

「……二人とも、お元気よ。ルイスがいなくなってしまったすぐ後は、やっぱり寂しそうにしていらっしゃったけど」

彼らは孫息子を自分たちの代わりに危険な場所へ行かせてしまったことに、罪悪感を拭えなかったのだろう。

「ここに来たのは、俺の我儘なんだけどな。ほら、やっぱり魔術師として働くのならガーディナーよりファルコーネの方が働き口が多いし、経験になるし」

困ったように笑うルイスに、リリアの胸は潰れそうになる。

確かに魔物が多く出没するファルコーネでは、立て続けの実戦で、魔術師としての能力が飛躍的に上がるのだろう。

けれどそれは、常に死の危険と隣り合わせということだ。

時折服の隙間から覗《のぞ》くルイスの肌には、無数の傷痕が見える。

きっとこれまで数えきれないほどの、危険な目に遭ってきたのだろう。

リリアはルイスが魔物討伐の任務で家を留守にするたびに、恐怖に苛《さいな》まれることになった。

彼は無事に帰ってくるのだろうか、と。不安で不安でたまらなくなる。

この恐怖に耐えるくらいなら、自分の身を危険に晒してもルイスのそばにいたいと願うのに。

自分は、危険な場所へは連れて行ってもらえない。

仕方がないことだとはわかっているけれど、辛い。

髪の間を滑る適温の温風と、ルイスの温かな指に、リリアを眠気が襲う。

ずっとこうしていたいとリリアが充足感の中で思った、その時。

家の玄関が激しくノックされた。

「──なんだ？」

只事《ただごと》ではない雰囲気に、ルイスが座っていた長椅子から立ち上がり、玄関を開ける。

するとそこには黒の長衣を着た魔術師がいた。

「ルイス殿。陛下より緊急招集がかかっております！」

「こんな時間にか？」

「はい！　西の村に、竜が現れたと……！」

「なんだと……！」

ルイスが珍しく気色ばむ。

初めて聞いたルイスの怒号に、リリアは小さく体を撥《は》ねさせた。

──竜。それは数いる魔物の中でも別格だ。

何十人もの国家魔術師を犠牲にして、ようやく討伐に成功するかしないかという、化け物。

「わかった。すぐに行く」

ルイスは部屋に戻ると、すぐに国家魔術師の長衣を纏い、遠征の準備を始める。

「竜って……大丈夫なの？」

あのリリアの父ですら、若かりし日に竜と戦い、苦戦して重傷を負ったという。

本来なら到底人間の手には負えない、災害のような魔物。

「大丈夫だ。竜なら前に一度、討伐に成功したことがある」

不運なことに、それはルイスが国家魔術師になって、一年目のことだった。

その時は十人近い国家魔術師が犠牲となった。ルイスの同期も半数がその命を落とした。

国家魔術師になってすぐに、魔術省の書庫でルイスの関わった任務の報告書を読《よ》み漁《あさ》ったリリアは、その顛末《てんまつ》を思い出して震え上がる。

「……若い竜ならいいんだが」

顔色を無くし震えるリリアの頭を、ルイスは優しく撫でた。

笑ってはいるが、彼のその表情にいつもの余裕はない。

「……ルイスが行かなきゃダメなの？」

「この国の魔術師不足は深刻だ。竜とまともに戦えるほどの魔術師は、もうほとんど残っていない。――俺が、行くしかない」

だからといって竜を放置すれば、無辜《むこ》の民に、途方もない被害が出る。

竜は、目についた生き物を食べ尽くすのだから。

「リリア、多分しばらく帰れなくなる。何かあったらヨハネスに……」

行かせたくなくて、離れたくなくて。どうしようもなくなったリリアはルイスに抱きついた。

「だったら私も行く！　絶対に足手まといにはならないわ！　お願い！」

リリアは治療魔法も使うが、攻撃魔法も使える。足手まといにはならないはずだ。

「駄目だ！」

するとルイスがリリアに声を荒らげた。

初めてのことに、リリアは思わず体を竦ませる。

男性の怒鳴り声は怖い。それがたとえ大好きなルイスのものであっても。

怯えた顔のリリアに、ルイスはすぐにその顔に後悔を浮かばせた。

「……頼むからリリアは安全な場所で、俺の帰りを待っていてほしい」

「………」

「必ず、帰るから」

涙が溢れ、視界が歪む。

このままルイスが帰ってこなかったらと思うと、怖くて怖くてたまらない。

「……じゃあせめて、守護魔法をかけさせて」

リリアはルイスの手を取り、己の額に当てる。

「守護魔法？」

するとルイスがぶるりと体を震わせた。

本来なら彼と相性の悪い水の精霊を、無理矢理彼の体の中に流し込んだから、冷たさを感じたのだろう。

水の精霊はルイスの体に入ることを嫌がっていたが、リリアが強制した。

精霊の意志を無視して命令できるのも、リリアが優秀な魔術師だという証拠だ。

「言っておくけれど、死んだら絶対に許さないいんだから」

「ああ、わかった」

「ルイスは生きて帰って、私をお嫁さんにしなきゃいけないいんだから」

「ああ、わかった」

「本当にわかってるの？　これでも私、引く手数多《あまた》なんだから！　帰ってこなかったら他の人と結婚しちゃうんだからね……！」

「……それは、困るな」

そう言ってルイスは、リリアを引き寄せて抱きしめた。

自分から抱きつくことはあっても、ルイスから抱きしめられるのは、初めてだった。

そして、「嫁にしろ」と言って是《ぜ》と言われたのも、これが初めてだと言うことに気づく。

「そんなのするわけない……ルイスだけだもん……！」

リリアは子供の様に泣き叫ぶ。リリアには死ぬまでルイスだけだ。

我ながらどうしようもなく重い。けれどもそれがリリアの素直な気持ちだった。

リリアの両目から、また涙が溢れた。

ルイスの体が震える。泣いてるのかと思いきや、どうやら笑っているようだ。

リリアが結構な覚悟で、この痛々しくいじらしい想いを吐露したというのに。

けれどもルイスの笑顔が見たくて、リリアは顔を上げた。

涙で滲《にじ》む視界を明瞭にするため、何回も瞬かせる。

目の前にあるのは、燃えるような赤。大好きな、自分には持ち得ない暖かな色。

ふわりと唇に温もりが落ちてくる。柔らかな感触。

口付けをされている、という事実を頭が受け入れるまでに、時間がかかった。

リリアが驚き、それでなくとも丸い目をさらにまん丸にしていると、ルイスが照れたように笑った。

「――――必ず、帰るよ」

そう言って、リリアが茫然自失している間に、ルイスは彼女が追いかけられないように家に結界をかけ、静かに玄関を出て行った。

「…………ばか」

しばらくの間、リリアの啜《すす》り泣《な》きが、その場に響いた。

◇◇◇◇

「…………畜生」

死の行軍とは、こういうことを言うのだろうと、ルイスは小さな声で毒吐きながら思った。

急遽立ち上げた『竜』の討伐隊は、国家魔術師二十名、雇われの民間魔術師三十名と十名の衛生兵で構成された。

皆沈痛な面持ちで荷馬車に揺られ、一言も発さずに竜の出現地点へと向かっている。

竜によって、すでに村が一つ食い尽くされていた。

そのあまりの惨状に、皆の心が折れかけていた。

だがなんとしても、これ以上の被害は食い止めねばならない。

「俺たち、生きて帰れるんですかね……」

リリアの同期である新人の国家魔術師が、震える乾いた声で弱音を漏らした。

口に出さなかったが、皆が同じことを考えていることは、明らかだった。

「生きて帰ると強く思え。諦めたら死ぬぞ」

数えきれないほどの魔物を屠ってきたルイスであっても、竜は別格だ。

本当は、生きて帰れる自信などない。

だが、リリアが待っているのだ。

絶対に帰らなければならないと、再度自分に言い聞かせる。

その時、馬車が止まった。

どうやら竜の気配に怯えて、馬がそれ以上は走ろうとはしないようだ。

つまり現地点は、かなり竜の居場所から近いということだ。討伐隊に緊張が走る。

そこからは徒歩になる。荷馬車から降りた面々は、やはり一言も発せず黙々と歩く。

しばらくして腹の底に響く様な、咆哮《ほうこう》が聞こえた。その後に地面が微《かす》かに揺れる。

竜は、魔力持ちの人間を好んで食べる。おそらく腹持ちが良いのだろう。

つまり魔術師であるルイスたちは、竜を誘《おび》き寄《よ》せるかっこうの餌でもあった。

「き、来た……！」

悲鳴の様な声が上がる。

やがて周囲の木々が音を立てて踏み倒され、竜の全身が露《あら》わになった。

その竜は、見上げるほどに大きい。

「背鰭《せびれ》が七枚……。古竜と確認……！」

そして誰かの、絶望の声が聞こえた。ルイスは奥歯を噛《か》み締《し》める。

竜は大体百年ほどの時間を生きる。

生まれてすぐから目の前の有機物をひたすら食べ続け、その体を肥大化させていき、最後には己の体重で動けなくなって死ぬ。

よって竜は、歳を取れば取るほど強大な力を持つ。

そして、その歳をとった竜を『古竜』と呼ぶ。

竜の年齢は、その背の背鰭の数によってわかる。その背鰭はおよそ十年に一枚生成される。

前回ルイスが討伐に成功した竜の背鰭は四枚。若い竜だった。――今度は、七枚。

（まずいな……！）

魔術省に討伐の記録が残っている最古の竜は、九枚の背鰭を持っていた。

それを倒したのは、稀代《きたい》の魔術師アリステア・ガーディナー。

彼に比べれば、ルイスは凡才だ。だが。

――――生きて帰ると約束したのだ。死ぬわけにはいかない。

「一つの場所に固まるな！　取り囲め！　全方位から攻撃するぞ……！」

怒鳴るようなルイスの指示に、恐怖に飲まれていた魔術師たちが、一斉に我に返り動き出す。

竜の知能はそれほど高くない。人間が有利なのは、ただそこ一点のみだ。

だが竜の鱗《うろこ》は硬く、魔法の攻撃が全く通らない。

土の魔術で竜の足元をぬかるみに変え足止めし、一斉に攻撃を仕掛けるが、その鱗に傷ひとつつけることができない。

（くそっ！　この竜、火とは相性が悪いのか……！）

肉にまで達する傷を一つでも付けることができれば、勝機はある。

風を鋭利に尖らせ、竜の鱗に滑らせるが、やはり全て弾《はじ》き返《かえ》されてしまう。

ルイスは風や土の魔法も使えるが、やはり火に比べると精霊の供給が少なく、圧倒的に威力が低い。

とてもではないが、あの鱗を突き通すことはできない。

(どうにかしてあの鱗を傷つける方法はないか……!)

その時、まるで蝿《はえ》を追い払うように、竜がその尾を一振りした。

幾人かの魔術師が、紙切れのように弾き飛ばされ、その原形を失う。

「くっ……!」

ルイスはかろうじて避けたが、衝撃波で弾き飛ばされ、背中から体を木に叩きつけられた。

おそらく内臓が傷ついたのだろう、喉奥から血が溢れる。

だがそれでもこの程度で済んだのは、リリアの守護魔法があったからかもしれない。

瞬間、『死』が頭によぎった。

(――生きて、帰れないかもしれない)

ふとリリアの泣き顔が浮かんだ。いつも自分は彼女を泣かせてばかりだ。

ルイスを死ぬまで待つと言っていた。その言葉を、浅ましくも喜んでしまった。

もしここで死んだら、リリアはずっと自分に囚われ続けてくれるのだ。

そのことを、嬉しいと思ってしまったのだ。本当に、どうしようもない。

(あー。でも怒った師匠に、娘を泣かせるなって地獄まで怒鳴り込まれそうだな)

小さく笑い、気合を入れ直して立ち上がる。

まだ死ぬわけにはいかない。ここで自分達があの竜を止められなければ、この区域全てが切り捨てられることになる。

これ以上人間の生息域を、減らすわけにはいかないのだ。

火の精霊に呼びかける。するとルイスの声に応え、豪炎が巻き上がる。

（骨まで燃やしてやる……！）

そして、その巨大な炎を竜に叩きつけた。

流石に熱かったのだろう。竜はのたうち回ったが、死に至らしめるまでにはいかない。

怒り狂った竜は、どうやらルイスを獲物と定めたらしい。

巨体でありながら信じられないような速度でルイスとの距離を詰め、その爪を振り上げる。

（――――ここまでか）

とうとうルイスが己の命を諦めかけた、その時。

竜の頭上から、無数の鋭い氷の刃が降り注いだ。

「――――は？」

ルイスは思わず間抜けな声を上げる。

剝《む》き出《だ》しの眼球に氷の刃が突き刺さり、痛みに竜が咆哮を上げた。

「……私のルイスに何をしているの？」

聞き慣れたはずの、けれども聞いたことのないほどの、冷たい氷点下の声が聞こえた。

竜の背後には、国家魔術師の黒の長衣と青銀の髪をなびかせ立っている、一人の少女。

あまりにも見慣れた、けれどもここにいるはずのないその姿に、ルイスは唖然《あぜん》とする。

「……えへ。来ちゃった」

リリアは生きているルイスを確認すると、そんなことを言って、安堵したように笑った。

ようやくここにリリアがいるのだと認識した瞬間。ルイスの頭に一気に血が上《のぼ》った。

「馬鹿か……！　なんでこんなところに……！」

思わず怒鳴ったルイスに、リリアはにっこりと美しく、強気に笑ってみせた。

「私が大人しく待っていると思ったら、大間違いなのよ」

なんせルイスは『待ってろ』と言って、四年も帰ってこなかった男である。

よってリリアはもう、これ以上ルイスを待たないと決めていたのだという。

「……は？」

明らかにそういう問題ではない。ルイスは内心頭を抱えた。

「け、結界は……！」

そう、念には念を入れて、くれぐれもリリアが自分を追いかけてこないように、家の周囲に結界を張っておいたはずなのだ。しばらく家から出られないように、時限式の結界を。

「あら、甘いわルイス。あの程度の結界、私にかかれば児戯のようなものよ」

こちとら父のねちっこい性格を遺憾無く発揮した、罠だらけのドッキリガーディナー城を抜け出す寸前まで攻略した猛者である。

真っ直ぐな気性のルイスが仕掛けたわかりやすい結界など、目を瞑《つぶ》っていたって解除できるのだ、とリリアは自慢げに言った。

「………は？」

明らかにそういう問題でもない。ルイスは実際に頭を抱えてしまった。

「どうして、ここまで……？」

大体どうやってこんなところまで追いかけてこられたのか。

呆然《ぼうぜん》とルイスが呟《つぶや》けば、リリアはてへっと何かを誤魔化すように、可憐《かれん》に笑ってみせた。

「……実はあなたにかけた守護魔法に、追跡魔法を組み合わせておいたの♡」

そう、それはリリアの父直伝の追跡魔法。

守護魔法と銘打ってルイスにくっ付けた水の精霊に、彼の位置情報を常にリリアに宛てて発信する様に命令式を仕込んだのだ。

人の個人情報《プライバシー》侵害の極みのような魔法である。

それ、堂々と本人に言っちゃ駄目なヤツだと思う、とうっかり二人の会話を聞いてしまった周囲の魔術師たちは思った。

ルイスも衝撃のあまり、あんぐりと口を開ける。

するとその口角から、血がどばっと溢れた。

「きゃー‼　ルイス！　大丈夫⁉」

愛する男の突然の吐血に、リリアが思わず叫んだ。

同時に眼球を傷付けられた竜も、怒り狂い咆哮を上げた。

呆然としていたルイスは、慌てて我に返り、リリアの方へと走る。

ここで自分が死んだらもれなくリリアも道連れだ。それだけは、耐えられない。

竜が暴れ出し、またしても何人かが巻き込まれる。

目の前で人が容易くその命を落とすその様に、初めてリリアの顔が恐怖で歪んだ。

「お前ら竜から距離を取れ……！」

リリアの繰り出した氷の刃は、竜の眼球こそ傷付けたが、鱗にはやはり通用しなかった。

だがリリアは一流の水の魔術師だ。

もしかしたら、竜の鱗を貫く何某《なにがし》かの方法をもっているかもしれない。

不本意だが、こうなったら共闘体制でいくしかない。

なんせリリアは、あの名高い竜殺しの娘なのだから。

「リリア！　何か、あの竜の鱗を傷つける方法はないか⁉」

ルイスの言葉に、初めて彼に頼られた喜びでリリアは、怖気《おじけ》付《づ》いた心を立て直し強気に笑ってみせた。

「……小さくてもいいなら、なんとかできるわ！」

「……頼む！」

リリアは目を瞑り、手を空へかかげた。

水の精霊に命じたのだろう、宙に水の塊が浮かび上がる。

そしてその水を圧倒的な魔力で一気に圧縮させる。

「行って……！」

それから昇圧した水を、そのまま竜に向かって糸のような細さで噴出させた。

リリアの放った水の刃が、竜の鱗を容易く切り裂き、その下の肉を露出させる。

「高圧水は、刃になるのよ。鋼鉄すら容易く断ち切るくらいのね！」

これまで国家魔術師たちの総攻撃でもかすり傷すら与えることのできなかった竜に、小さいながらも確かに傷を負わせた。

周囲の魔術師たちが、感嘆の目でリリアを見つめる。

「ほらルイス！　私、結構強いでしょ？」

「ああ！　助かった！」

またしてもリリアに傷付けられ、その痛みに咆哮を上げ暴れる竜に、ルイスが走り寄る。

竜がルイスを避けようとして振りまわした爪が、彼の腹部を小さく抉った。

「ルイス……！」

それを見たリリアが悲鳴を上げる。だがそれでもルイスは臆することなく竜に近づき、リリアが付けた傷に手を当てる。

「……蒸し焼きにしてやる……！」

そして鱗の裂けた傷口から持てる魔力全てを使い、その内側へ火の精霊を叩《たた》き込《こ》んだ。

内臓の全てを焼き尽くされた竜が、断末魔の叫びを上げて、地響きを立てながら倒れる。

完全に竜の目から光が消え、その命が尽きたことを確認すると、ルイスもまたその場に崩れ落ちた。

「ルイス……！　ルイス……！　やだ！　死なないで……！」

泣き叫びながらリリアが走り寄り、ルイスの傷に必死に治療魔法をかける。

（ああ、俺、死ぬのか……）

龍《りゅう》の爪に付けられた傷は内臓まで達していた。

さすがにこれは、助からないかもしれない。

流れ込んでくる、リリアの魔力が心地良い。

「お願い……しっかりして……」

顔の上にポタポタと絶え間なく落ちてくる、リリアの涙。

こんなにも自分を惜しんでくれることが、嬉しい。

――ああ、惜しむらくは。

（――一度くらい、リリアを抱きたかったな）

一緒に暮らしていて、危ない場面はいくらでもあった。

なんせリリアは積極的である。

わざと薄着で近づいてきたり、ルイスの部屋に突撃してきたりと、色々やらかしてくれた。

だが、彼女を軽く扱いたくはなくて、ルイスは必死に堪えていたのである。

国家魔術師のくせにその歳まで童貞かと、ヨハネスによく揶揄われ、馬鹿にされていたが、ルイスにとって女はリリアだけだった。

他の女など、考えたこともない。

酷く重い瞼《まぶた》をうっすらと開ける。

泣きじゃくるリリアの顔は、涙と鼻水で大変なことになっていた。

それでもやっぱり、世界で一番可愛い。

（ああ、勿体無いことしたな……）

そんなどうしようもないことを思い、ルイスの意識は闇に飲まれた。


次に目を覚ました時、ルイスの視界は白い無機質な天井だった。どうやら病院のようだ。

（……俺、助かったのか）

心の底から安堵が湧き上がる。

死を覚悟したものの、もちろん生きたいのが本音だった。

全身の感覚がどこか遠い。だが右手に温もりがあることはわかる。

その温もりの持ち主が見たくて、起きあがろうと思ったが、全く動けない。

仕方がないので、その温もりをぎゅっと握ってみた。驚くほど力が入らない。

だがその僅かな力に気付いたらしい。がばっと起き上がる音がした。

「ルイス……！　目が覚めたのね……！」

涙交じりの愛しい声。ルイスを覗き込む、疲れ切った窶《やつ》れた顔。

おそらくずっと寝ていないのだろう。目の下の隈《くま》が酷い。

それでもやっぱり、世界で一番可愛かった。

「りりあ……」

ようやく音になった声は、自分のものとは思えないほどに枯れた、酷いものだった。

「よかった……。よかった……！」

リリアの水色の目から、ぼたぼたとまた大粒の涙が溢《あふ》れ出す。

ずっとここで、ルイスに治療魔法をかけ続けていたのだろう。

「……ありがとう」

ルイスは素直に礼を言った。あの時リリアが来てくれなかったら、間違いなくルイスは竜を討伐することができず、命を落としていただろう。

もちろん、リリアがルイスの言うことを全く聞かずルイスの結界を破った上、密かに追跡魔法をかけその跡をつけてきたことに関しては、色々と思うところはあるが。

それを差し引いたとしても、リリアには感謝しかなかった。

「私、役に立った？」

「ああ、とても」

するとリリアは、目に涙を浮かべたまま、嬉しそうに笑った。

それから彼女はルイスが倒れた後のことを、教えてくれた。

今回の古竜討伐隊に参加した国家魔術師は、その半数が殉職。ルイスの命も非常に危険な状態だったのだという。

ルイスはリリアが治療魔法をかけ続け、なんとか一命を取り留めた。

傷はもう痕すら残っていないが、血を失いすぎたこと。

また魔法で治した傷は、傷を受けたと認識をした精神までは治せないため、しばらく痛みと痺《しび》れが続くことなどから、ルイスはしばらくの間、入院となったのだという。

傷自体は癒えても、精神的な傷が癒えずに、そのまま命を落とす者もいる。

これ以上優秀な魔術師を失う訳にはいかないと、ルイスの治療は万全を期されたようだ。

「本当に心配したのよ。もしあのままルイスが死んでしまったら、氷漬けにして持ち帰ろうとまで考えたんだから……」

そしてリリアの献身に心打たれている最中の突然の不穏な言葉に、ルイスの頬が引き攣る。

「な、なんで俺を氷漬けにする必要が……？」

「冷凍したら永久に保存ができるなあ、なんて……」

「な、なんのために？」

ルイスの死体を永久保存などして、一体どうするつもりなのか。

「余生は氷漬けにしたルイスを眺めながら過ごそうかと」

「流石にそれはやめてくれ……！」

思わずルイスは、悲鳴の様な声をあげてしまった。

氷漬けになった自分を楽しそうに眺めるリリアを想像して震え上がる。正直に言って、怖い。

「……というのはもちろん冗談だけれど」

「ほ、本当に冗談なんだよな……？　リリア……？」

「まあ、いざとなったら人の生体冷凍保存《コールドスリープ》に挑戦してみようかな、とは思ったけれど」

「……なんだ、それ？」

「瞬間的に生体を凍らせて、時間を止める方法なの。虫や魚でなら成功してるのよ。ただ動物を冷凍するとどうしても体内の水分が膨張して細胞膜を破壊してしまうから、蘇生《そせい》できなくなっちゃうのよね。そこを水の精霊に頼んでうまく調整できないかなあと思って、今こっそりと研究と実験を繰り返しているところで……」

リリアは言動や思考こそ残念だが、基本的には天才である。

凡才のルイスは、彼女が何を言っているのか、よく分からなかった。

むしろ分かりたくなかったのかもしれない。

「……体の時間を止めることに、なんの意味が？」

「今では治療できない病気や怪我《けが》が、未来ではなんとかできるようになるかもしれないでしょう？　それを待つためよ」

「なるほど……？」

このままでは助けられないと判断したら、まだかろうじて息のある状態でルイスを凍らせてその時を止め、病院等で解凍して治療しよう、などとリリアは真剣に考えていたらしい。

つまりそれは、まごうかたなき人体実験である。

なんせ凍らせたところで上手く蘇生できるかは賭けであり、もし失敗した場合、リリアはルイスの死の責任を負うことになっていただろう。

そこまで行き着く前に一命をとりとめてよかったと、ルイスは心の底から安堵した。

そんな無駄に重いものを、大切なリリアに背負わせたくはない。

数日の入院ののち、ルイスの体の感覚は無事ほぼ戻り、医師から退院許可が出た。

付き添いのリリアは、嬉しそうにルイスの手を引いて家への道を歩く。

入院中は体がうまく動かせなかったので、こうしてずっと、リリアの手を借りて動いていた。

そのせいか、こうして手を繋ぐことに、全く抵抗がなくなってしまった。

もちろんルイスとしても、こうしてリリアと手をつなげることは嬉しい。

(まあ、元々子供の頃は、ずっとこんな風に手を繋いでいたんだけどな)

大人になると、許されなくなってしまうものは、意外に多い。

あの頃それほど大きさの変わらなかった手は、今ではルイスの方が、ずっと大きくなってしまった。

包み込む様にそっと優しく握ってやれば、リリアはぎゅっと握り返してくれる。

リリアはルイスの退院が嬉しいのか、鼻歌を歌って、小さく飛び跳ねている。とても可愛い。

こんなに可愛い子に、こんなにも一途《いちず》に想われて、絆《ほだ》されずにいられるわけがないのだ。

久しぶりに帰った我が家は、やはり居心地が良く、ルイスは緊張を解いた。

すっかりここは、ルイスの家になっていたようだ。

リリアが夕食にと、サンドイッチを作ってくれた。

なんでもルイスが入院中に料理を一品でも作れるようになりたいと、練習したそうだ。

そして野菜を切る際に、ナイフで指を何度も切ってしまったのだという。

「治療魔法が使えて本当によかった！」

などと宣っているが、普通なら料理に治療魔法は必要ないはずである。

ちなみにそのサンドイッチは、野菜の水切りが甘いのか全体的に水っぽかったものの、十分食べられる範囲で、美味しかった。

自分のためにリリアが頑張ってくれることが、とても嬉しい。

食後にお茶を淹《い》れて飲みながら、長椅子に座ってゆっくりと過ごす。

二人暮らしも長くなってきたためか、まるで熟年夫婦のような有様だが、穏やかで幸せな時間だ。

国家魔術師になってから、こんなにものんびりと過ごすのは、初めてかもしれない。

しかも傷病休暇なので、流石に上司《ヨハネス》も文句は言えまい。

それなのに、どこか落ち着かないのは何故だろう。

無為に時間を過ごすことに、妙な罪悪感を抱いてしまう。

（……ずいぶんと生き急いでいるんだな。俺は）

国家魔術師になって五年。ずっと死と隣り合わせに生きてきた。

だからこそこんな平和で穏やかな時間を、落ち着かないと感じてしまうのか。

「ねえ、ルイス。病み上がりで辛いでしょう。少し横になったほうが良いんじゃない？」

そう言って隣に座ったリリアが、ピシャリと己の太ももを叩いた。

どうやら自分を枕として使え、と言いたいらしい。期待に目がキラキラと輝いている。

それならば遠慮なく、とルイスはリリアの太ももの上に頭を乗せた。

そのふかふかとした絶妙な低反発に、ルイスはうっかりうっとりしてしまった。

膝枕は最高なのだと、妻や恋人持ちの同僚が言っていた言葉がよく理解できた。

そして髪を指先でふわふわと撫でられるのが、最高に心地良い。

凝り固まった心が、ゆっくりと解けていく。

やがて、眠気に襲われ、瞼が重くなってきた。

ルイスがリリアの髪を乾かしてやっているとき、彼女の頭がふらふらとする、その理由がよくわかった。

「……ねえ、ルイス。私、本当に怖かったのよ」

呟く声が震えている。ルイスは手を伸ばし、リリアの頬をそっと撫でた。

彼女の綺麗な水色の目は、うっすらと涙を浮かべていた。

そりゃあ怖かったことだろう。リリアからすれば初めての実戦が、まさかの古竜討伐である。あまりにも新人には難易度が高い仕事だ。普通ならば確実に死んでいる案件だろう。

目の前で人が死ぬことだって、今回のことが初めてだろう。

――そう、人は死ぬのだ。あんなにもあっけなく、残酷に。

強がっているが、リリアの精神的な負荷は少なくなかったはずだ。

「……馬鹿だな。あのままガーディナーにいれば、こんな地獄、見なくてすんだのに」

今回の件でリリアがガーディナーに帰りたくなっても、仕方がないとルイスは思っていた。

ルイスの日常に、リリアはあっという間に溶け込んでしまって、知らぬ間にそばにいるのが当たり前になっていた。

きっと彼女が消えてしまったら、その喪失感は大きいだろう。

――それでも、リリアが危険な目に遭うよりは、ずっといい。

「違うわ！　私はルイスが死んでしまうかもしれないって思ったことが、怖かったのよ！」

するとリリアが垂れた目を必死に吊《つ》り上げて、怒った。

何やら死体を冷凍保存して愛《め》でる、と言っていたことを思い出し、ルイスは少し笑う。

「……私はルイスのいない平穏より、ルイスがいる地獄がいい」

ルイスさえいるのなら地獄でも構わないのだと、リリアは言う。

「だって私は、どんな場所でも、ルイスがいないなら幸せになれないんだもの」

リリアの目から、大粒の涙が次から次に溢れた。

それを聞いて、ルイスは胸の空気を全て吐き出すように、深く長いため息を吐いた。

リリアが怯えるように、身を縮ませる。

普段果敢に攻め込んでくるくせに、リリアはなぜか、ルイスの心が自分にあるとは微塵《みじん》も思っていないのだ。

ルイスはリリアの膝から起き上がると、リリアの小さな体をぎゅっと胸に抱き込んだ。

そして、リリアの首筋に顔を埋め、その匂いを吸い込む。

「る、ルイス……？」

なにやらリリアが、顔を真っ赤にして動揺している。

自分からは躊躇なく触れるくせに、こうしてルイスから触れると、緊張し慌てふためくところも、とても可愛い。

――ようやく覚悟が、決まった。

「リリア。愛してる」

耳元で愛を囁けば、抱きしめた小さな体が、びくりと一つ大きく震える。

「――師匠に殺される覚悟ができた。結婚しよう。リリア」

リリアが弾かれたように顔を上げ、ルイスを見上げて、泣きそうに顔を歪める。

「私をルイスのお嫁さんにしてくれるの？」

「ああ、俺のところに嫁いでおいで」

リリアの大きな水色の目に、また涙が盛り上がり、ボロボロと次々にこぼれ落ちた。

それは、先ほどまでの不安の涙とは違い、喜びの涙だ。

「ルイス……好き……。大好き……」

思いを告げながら泣きじゃくるリリアを、ルイスは抱き上げて自室の寝台へと運ぶ。

死を目前にして、ルイスが思ったことは、リリアに触れたいという思いだった。

生きているうちに、愛する女にできる限り触れておきたい。そう思ったのだ。

第四章　私、あなたが好きなんです

（わあ……！　なんてきれいなおめめなの……！）

母のドレスの裾に隠れながら、リリアはその男の子を見つめた。

眦がスッと上がった大きなアーモンド型の瞳は、金色が踊る真紅。

それなのにその子は、寂しくて寂しくてたまらないという目をしていた。

寂しくて悲しくて、世界の全てを憎んでしまった、かつての自分のように。

彼はその強大な魔力のせいで、家族を傷つけ、捨てられてしまったのだという。

人を傷つけたくなくて、怯えている。とてもとても優しい人。

（――ねえ、わらってルイス）

お願い。そんな寂しい目をしないで。

あなたの火なら、私が消してあげる。私があなたの家族になって、ずっとそばにいてあげる。

――だから。

「リリ、ルイスのおよめさんになる！」

◇◇◇◇

自分の名を呼ぶ低く掠《かす》れた熱っぽい声に、少々現実逃避していたリリアは、一気に現実に引き戻された。

そう、自分は今、大好きなルイスに、寝台に押し倒されているのである。

下から見上げるルイスの色気がすごい。

その燃えるような赤い瞳で見つめられるだけで、うっかり腰が砕けてしまいそうだ。

間違いなくこの状況は、自分が望みに望んだものなのだが、あまりにも供給過多で、リリアの心臓が止まる寸前である。

（うわぁぁぁ……！）

「リリア……」

これまでリリアが押そうが引こうが、ちっとも揺らがなかったというのに。

（なんでこんなにも一気に事が進んだの……⁉）

ようやく思いが通じ合って、これで今までよりも少しいちゃいちゃが増えるかな、などと呑《のん》気《き》なことを考えていたら、一足飛びにこんな事態である。

ちなみにこれは辛抱強いルイスが、我慢に我慢を重ねた状態での愛の告白により、箍《たが》が吹き飛んでしまった、その反動であったのだが、もちろんリリアがそんなことを知るわけもなく。

真面目な人間ほど、覚悟が決まると暴走するものである。

いつもとまるで違うルイスに、リリアは酷く動揺していた。

ルイスの唇が降りてきて、リリアの唇を塞ぐ。

これまでの、ただ触れるだけだった口付けとは違い、食《は》むようにルイスの唇が動く。

驚いたリリアが思わず唇の間を緩めると、そこから熱い舌がぬるりと入り込んでくる。

（ひいっ……！）

唇が塞がっていなかったら、情けない声をあげてしまうところであった。

己の内側に触れられるという、知らぬ感覚に思わず怯えて逃げようとすると、背中に腕を回されしっかり拘束されてしまった。

そして、リリアの舌を絡め取り吸い上げたり、喉の奥まで舌を伸ばされて探られたり、上顎や頬の内側の粘膜を擦られたりと、深くいやらしい口付けをされる。

彼の舌が動くたびにくちゅくちゅと何やら卑猥《ひわい》な水音がして、口角から飲み込みきれなかった唾液が溢れおち、リリアの羞恥を誘う。

（うわぁぁぁ……！）

リリアはもう、心の中で絶叫することしかできなかった。

リリアとて、これでも年頃の女の子である。

よって恋愛小説やら、ちょっと過激な恋愛小説やらを多少嗜《たしな》んでいる。

だから、こういう生々しくていやらしい口付けもあるのだということは、知識としては知っていたのだが。

自分がするとなると、まるで話が違うのである。

「ふっ、んんっ……！」

うまく呼吸ができなくて、鼻にかかったいやらしい声をあげてしまうのも、なんとも恥ずかしい。

ルイスは散々リリアの口腔《こうこう》内を蹂躙《じゅうりん》した後、ようやく唇を解放してくれた。

その時にはリリアの体から力が抜け、ぐったりと寝台に沈み込んでしまっていた。

ルイスの手が伸びてきて、リリアの着ていたワンピースを脱がしていく。

口付けの余韻で頭がぼうっとしていたリリアは、されるがままだ。

そして器用で手際が良いルイスに、あっという間に下着に至るまで全てを脱がされてしまった。

生まれたままのリリアの体を、ルイスの赤金色の目がじっと見つめる。

外気に肌を晒されたリリアが我に返り、羞恥で体を隠そうとしたが、ルイスはリリアの手足をシーツに押し付けて拘束してしまった。

ルイスの視線が、リリアの体の曲線に沿って動く。

「ルイス……見ないで……」

彼に見られていると思うだけで、胸の先端にツンと甘い痛みが走り、下腹部が疼《うず》く。

「リリア……本当に綺麗だ」

ルイスが幸せそうに、とろりと目を細めて笑う。

その顔を見て、リリアは何やら泣きそうになってしまった。

(好き……！)

もう、それしか頭に浮かばない。

リリアの頭の中は、いつだってルイスのことばかりだ。

ルイスも着ていた服を脱ぐ。魔物の討伐任務が多いからだろう。魔術師でありながら、まるで騎士のように全身に実用的な筋肉がついている。

「………………！」

治療魔法をかければ、怪我は傷痕を残さずに治療する事ができる。

だが自然治癒によって治し、残ってしまった傷痕は、治療魔法で治すことはできない。

けれどルイスの体には、数多の任務でついたのだろう、傷痕が無数に残っていた。

おそらく、治療魔術師がいなかったか、怪我人が多すぎて間に合わなかったか。

彼のこれまでの凄惨な戦いが察せられて、リリアは痛ましげに目を細める。

「ああ、すまん。気持ち悪いよな……って痛っ」

リリアを解放し、困ったように笑うルイスの、その頬をリリアはつねり上げた。

そんなことは微塵も思っていない。勝手に思い込んで自虐的にならないでほしい。

そしてリリアは身を起こすと、ルイスに残る傷痕の一つ一つを労わるように撫でて、口付けを落とした。

唇を落とすたびにルイスが小さく息をつめる。そんな様子もとても可愛い。

目に見える最後の傷痕への口付けを終えると、ルイスが小さく唸《うな》り声《ごえ》をあげた。

リリアの手を取り、指を絡ませてそのまま彼女の体を再度寝台に押し付ける。

そしてまた唇が落ちてくる。少し慣れたこともあり、リリアは目を瞑り、その唇を受け入れた。

小さく啄《ついば》まれ、吸い上げられて、触れては離れるだけの優しい口付けが繰り返され、やがて深くなっていく。

舌を絡ませ合い、互いの境界がわからなくなるくらいに、その内側を探り合う。

やがてルイスの指先が、リリアの肌を滑り出した。

形を確かめるように撫でられて、くすぐったさに身を捩《ねじ》るが、しっかりと体重をかけられ拘束されて、逃げられない。

なんせルイスはリリアを覆い隠せてしまうほど、大きな体をしているのだ。

そんな圧倒的な存在に組み敷かれているという事実に、リリアの中の被虐的な何かが満たされる。

しばらく触れられているうちに、くすぐったさが落ち着き、代わりにこれまで知らなかった感覚に苛まれ始める。

何もしていないのに、体温が上がり、やたらと呼吸が切れる。

そしてルイスはリリアの豊満な白い乳房に顔を埋め、幸せそうに息を吐いた。

（なんだか子供みたい）

リリアは小さく笑うと、自分の胸に顔を埋めるルイスに手を伸ばし、その赤い髪を優しく撫でた。

子供扱いされていると気付いたのだろう、ルイスが唇を尖らせ、両手でリリアの乳房を揉《も》みしだいた。

「ひゃっ……！」

驚いて高い声をあげれば、嬉しそうにさらに執拗《しつよう》に胸を揉む。

どうやらリリアの母譲りの大きな胸が、大層気に入ったらしい。

それから、淡い紅色に色づいたリリアの乳輪を、優しく指の腹でなぞる。

すると痛痒《いたがゆ》いような、ツンとした甘い感覚が胸の頂に走り、色味を増してぷっくりと勃ち上がる。

どうにもむず痒《がゆ》い。そこにどうしても刺激がほしい。胸苦しいその感覚を逃したくて、リリアは背中を反《そ》らせる。

するとルイスが意地悪く笑って、リリアの胸の尖を指先で弾いた。

「ああっ……！」

待ち望んだ刺激に、リリアは思わず甘い声を上げてしまった。するとルイスは気を良くしたらしく、さらにリリアの乳首を摩《す》り、摘《つま》み上げる。

「やっ、ああっ……！」

繰り返し与えられる甘い快感に、リリアは身悶《みもだ》える。触られてもいない下腹が甘く疼き、内側に引き絞られるような、不思議な感覚に苛まれる。

リリアが思わず背中をのけぞらせれば、ルイスは突き出された胸の先を舌で舐《な》め上げ、口に含み、吸い上げた。

ねっとりと濡れた新たな刺激に、リリアは翻弄される。恥ずかしくて気持ちがよくてルイスが好きすぎて。

（おかしくなりそう……！）

下腹部に溜まりつつある熱を逃したくて、腰をくねらせれば、ルイスが腰を押し付けて妨害してくる。

そこに感じる、熱くて硬いもの。

(…………!)

ルイスが自分に興奮してくれている、という事実がリリアを満たし、さらにルイスから与えられる刺激に対する感覚が増す。

何かが、脚の間から滲《にじ》み出ているのがわかる。身動きするたびに粘着質な水音がして、それもまた恥ずかしい。

「……触れてもいいか?」

そう問われ、リリアはぼうっとする頭で素直に頷く。

すでに好き放題触っているくせに何を、と思ったところで、ルイスの手がリリアの下肢へ伸ばされ、脚と脚の隙間にある割れ目にそっと指を這《は》わされた。

自分でもあまり触れたことのない場所に、ルイスが触れている。

その事実にリリアは泡を吹きそうになる。

「……濡れてる」

ルイスがまた嬉しそうに笑った。

国家魔術師の試験では、医療知識も問われる。だから性交する際に女性のそこが濡れることは、リリアも知識としては知っていた。

だがこれもまた我が身に起きるとなると、話は別である。

ルイスの指が、その割れ目を辿《たど》るように動く。胸とは段違いの、わかりやすい甘い快感。

やがて、その割れ目に指が沈み込む。そして、そこに隠された、熱を持っていた小さな突起に触れる。

「――――っ！」

あまりにも強い感覚に、リリアが体をびくつかせると、ルイスはまた意地悪げに笑った。

「女はここが一番感じる、って本当みたいだな」

どこで得た知識だ、と聞きたかったが、そんな余裕は全くなかった。

ルイスがその突起を執拗に刺激し始めたからである。

慌てて脚を閉じようとするが、リリアの脚の間にルイスがその大きな体を割り込ませ、閉じさせてくれない。

さらにルイスはその割れ目を指で押し開き、その内側を露出させると、リリアから滲み出た蜜を纏わせた指で、痛いくらいに勃ち上がった花芯を根本からぬるぬると触り、その包皮をそっと剥《む》いた。

「やっあ、あ……。ルイス、そこ、ダメ……！」

痛みに転じそうな、強い快感にリリアは情けなく声を上げるしかない。

触れられるたびに下腹部に溜まっていく甘い疼き。何かが迫り来る感覚。

「ルイス……もう、ダメ……。なんかおかしいの……！」

快楽で潤んだ視界で必死に訴えるが、ルイスは嗜虐《しぎゃく》的に笑うだけだ。

「大丈夫。そのまま、おかしくなってしまうといい」

いつも優しいルイスが、一体どうしてしまったのか。

今にも破裂しそうな何かが、こんなにも迫ってきているのに。

そしてルイスが限界まで腫れ上がったリリアの陰核を摘み上げた瞬間。

「や、あ、ああっ……！」

リリアの中を圧倒的な快感が走り抜けた。思わずルイスの背中に爪を立ててしまう。

ガクガクと脚が震え、胎内が激しく脈動する。

だがルイスは手を緩めることなく、リリアの陰核を刺激し続ける。

度を超えた快感は苦痛だ。リリアは必死に逃げようとするが、ルイスの大きな体にのし掛かられれば、逃げることなどできない。

「おねがい……許して……！」

泣きながら懇願して、ようやくルイスは指を止めてくれた。

ほっと安堵したのも束《つか》の間《ま》、今度は脈動を続けるリリアの蜜口に、ルイスがそっと指を差し込んできた。

「ひっ……！」

よく濡れているからか、それほどの抵抗なく、そこがルイスの指を呑み込む。

だが、なにも受け入れたことのない場所ゆえに、猛烈な異物感がリリアを襲った。

ぐにぐにと膣壁を擦られれば、無意識のうちに腰が浮く。

そこに男性の生殖器を埋め込んで、子供を作るのだということを、リリアは思い出す。

恐る恐るルイスの下半身を覗き込んでみれば、反り返った太く大きな棒状のものが、目に入った。

(物理的に無理では?)

リリアは率直に思った。なんせ、現状指一本でこの違和感である。

そんなに大きくて太くて固そうなものが、自分の中に収まるとは、到底思えなかった。

リリアの怯えに気付いたのだろう、ルイスが宥《なだ》めるようにリリアの髪を優しく撫でた。

「これ以上は、やめておくか?」

そして優しく聞いてくれる。だが、その声には隠しきれない焦燥が滲んでいた。

きっと、彼自身は続けたいのだろう。だが、リリアに無理強いしたくはないのだ。

(……本当に、優しい人)

リリアは必死に強張《こわば》った体から力を抜いた。

ルイスから与えられるものならば、痛みだって幸せだ。

「続けて。——私、ルイスが欲しい」

手を伸ばし、ルイスの頬に当て引き寄せると、自分から口付けをする。

それから、怖がってなどいないのだというように、強気な笑顔を作る。

「だって私、ルイスのことが大好きなんだもの」

一瞬、ルイスが泣きそうな顔をする。そして顔を寄せ、リリアの顔中に口付けを落とす。

心地良い口付けを受けているうちに、身体から力が抜けていく。

知らぬ間に、リリアの中に入れられた指は、二本に増えていた。

違和感だけだった内側に、違う何かを感じる。どこか切なくなるような、感覚。

「……いいか？」

耳元で聞かれ、リリアはただこくこく頷いた。

リリアを苛んでいた指が引き抜かれ、代わりに熱く猛《たけ》ったものが、蜜口にそっと当てられる。

思わず引いてしまいそうになる腰を、必死に堪え、リリアはルイスの背中に腕を回す。

そしてゆっくりと、リリアの中を、ルイスが押し拓《ひら》いていく。

「―――っ！」

あまりの痛みに、上げた悲鳴は、ルイスの唇が吸い取ってしまった。

腰がめりめりと音を立てているような気がする。

（痛い……！）

お姫様育ちのリリアは、こんなにも酷い痛みを初めて知った。

思わず泣き叫びそうになるが、ルイスの辛そうな顔を見て、必死に堪えた。

本当は一気に穿《うが》ってしまいたいだろうに、ルイスはリリアをできる限り苦しめないよう、少しずつ腰を進めていた。

いっそ一思いにやってもらった方が良い気もしたが、ルイスにこの顔をさせているのが自分ということに、妙な満足感もあって。

「大丈夫か……？」

ルイスがリリアの頬を撫で、心配そうに聞いてくる。リリアは必死に笑顔を作り、聞いてみた。

「大丈夫よ。あとどれくらい……？」

「今、半分くらいか」

そして、ルイスからの返事は無情だった。まだそんなにあるのかと衝撃を受ける。

終着点はまだ遠い。ちっとも大丈夫ではなかった。

だがここまできて、後に引くのも勿体無い。なんせ、夢にまで見た既成事実である。

優しく誠実なルイスのことだ。ここまでした相手を捨てることなど、絶対にできまい。

（絶対にこの機を逃すことはできないわ！）

この機を逃せば、ルイスが正気に戻ってしまうかもしれない。

再び機会が巡ってくるのが、また数年後なんて事態にもなりかねない。

（つまりこれは、勝利への道！）

痛みなど二の次である。この勝利の前には全てが瑣末。

リリアはこの恋のためだけに、どこまでも残念な思考をしていた。

「……おねがいルイス。最後までして……？」

そして、潤んだ上目遣いでルイスを煽《あお》った。つまりは、墓穴を掘った。

それを受けたルイスの顔から、表情が抜け落ちた。

「んっ！」

ルイスが荒々しく、唇を奪う。リリアの口腔内に舌を差し込み、蹂躙する。

そちらに気を取られて、思わずリリアが体の力を抜いた、その瞬間。

「――っ!!!」

ルイスはリリアの中に、己のものを一気に根元まで押し込んだ。

激しい痛みと共に、何かが引きちぎれたような感覚がした。

そして、肌と肌がぶつかる乾いた音。

「これで、全部だ」

掠れた声で言われ、汗に塗れた髪を撫でられる。

繋がった場所が、じくじくと痛みを伝えてくる。だが、リリアは達成感に満《み》ち溢《あふ》れていた。

「嬉しい……」

微笑みと共に思わずこぼれた言葉に、ルイスが手で額を押さえた。「……可愛すぎるだろ。なんなんだ、これ」などとぶつぶつ言っている。

それから堪えきれないのだというように、小さく腰を揺らす。

傷つけられたばかりの膣壁が擦れて、その痛みにリリアが眉を顰《ひそ》める。

「……痛いだろう。すまない」

ルイスの凛々しい眉が、情けなく下がる。リリアは手を伸ばし、その眉に触れた。

リリアのルイスは、今日も最高に可愛い。

「痛いけど、嬉しいの。とても幸せ」

ルイスは繋がった場所へと手を伸ばし、そのすぐ上にある、すっかり赤く腫れ上がってしまった神経の塊に触れた。

「んっ……！」

優しく触れられただけなのに、腰にじんと甘い痺れが走る。

そのままいじられているうちに、痛みで乾いてしまった繋がった場所に、またじわりと蜜が滲《にじ》み出《だ》した。

「……動いてもいいか？」

そう、この行為は繋がっただけでは終わらない。

男性が、女性の中に子種を吐き出すまで続くのだ。

ルイスが施してくれた優しい愛撫《あいぶ》のおかげで、リリアの痛みは随分とましになっていた。

「……うん。好きにして」

――そして、私で気持ち良くなって。

そう続けるつもりが、小さく唸り声をあげたルイスが激しく穿ったせいで、言葉にならない。

「あっ……ああっ……！」

リリアは高い声を上げて、ルイスに縋《すが》り付《つ》く。

そのままルイスは、リリアを激しく揺さぶった。

肌がぶつかる音と、蜜が攪拌《かくはん》される、卑猥な水音が響く。

痛みは依然としてあるが、その中に、わずかながら確かに甘い何かがあって。

「あっ！　やっ、ああ……！」

腰を打ち付けられるたびに、その衝撃で声を上げてしまう。

奥を突かれ、膣壁を抉られ、次第にリリアの体は、快感らしきものを拾い始めた。

「ルイス、ルイス……！」

助けを求めるように彼の名を呼べば、彼は耳元で囁いた。

「愛してる、リリア」

その言葉に、感激のあまりリリアは目の前の彼にしがみつき、ぎゅっと中を締め付けてしまった。

ルイスが小さく喉を鳴らし、さらに激しくリリアを穿つ。そして。

「――っ！」

息を詰めて、リリアの中に、これまで溜め込んでいた全てを吐き出した。

ルイスの体がぶるりと大きく震える。繋がった場所が、びくびくと脈動を繰り返す。

そしてリリアの上に、力を失ったルイスが落ちてきた。

彼の体重が心地良い。汗ばんだ肌が触れ合って、そのまま一つになってしまいそうだ。

ルイスが労わるように、リリアに触れるだけの口付けをする。

正直なところ、身体中のどこもかしこも痛い。

甚振《いたぶ》られすぎた胸の先端も、限界まで開かれた脚の間も、激しく揺さぶられた腰も。

けれどもリリアは、これまでの生涯において感じたことのないような、充足感に満たされていた。

だが、もう指一つ動かせそうにない。それでなくとも、体力にはそれほど自信はないのだ。

リリアは、そのまま気絶するように、夢の世界へ旅立ってしまった。

夢に落ちる寸前、ルイスが優しい声で「おやすみ」と言ってくれた気がした。


翌朝窓から差し込む日の光で、リリアは目を覚ました。

(随分と良い夢を見たなあ……)

何やら随分と現実的《リアル》なルイスと結ばれる夢を見てしまった。

一体どれだけ欲求不満なのかと自分を笑い、寝直そうと寝返りを打とうとしたら、体に何かが絡みついていて動けない。

（あら……？）

一体何事かと、瞑ったままだった重い瞼を無理やり上げてみれば、そこは一面の肌色だった。

「……え？」

そうっと顔を上げてみれば、至近距離にルイスの寝顔があった。

（わあああ……！）

リリアは心の中で絶叫した。声に出さないで堪えられたのは奇跡だった。

彼女を拘束しているのはルイスの腕だった。

しかも事後そのまま寝てしまった為に、お互い全裸である。

ルイスはリリアをしっかりと胸に抱き込んで、眠っている。

昨日のあれやこれやを思い出し、リリアは全身を真っ赤に染め上げた。

自分に都合の良い夢かと思いきや、どうやら現実だったらしい。

ルイスが好きすぎるあまり、とうとう現実と夢の区別がつかなくなってしまったかと思った。

激しく脈を打ち、暴れる心臓を宥めつつ、ルイスの寝顔をじっくりと眺める。

眠っている顔は、どこかいつもより幼く見える。

（可愛い……）

ほっこりとしつつ眺めていたら、ルイスの顔がじわじわと赤くなってきた。

どうやら狸寝入《たぬき》りであったようだ。

「……そんなに見ないでくれ……」

負けじとそのままじっと見つめ続けていたら、とうとう耐えられなくなったらしいルイスが音を上げた。

ゆっくりと開かれた瞼から覗くのは、リリアの大好きな温かな赤。

「あら？　私はルイスの顔だったら、いつまでだって見ていられるのに」

くすくすと笑いながらリリアが言えば、ルイスが恥ずかしそうに目を逸らした。

昨夜あれだけ汗をかいたはずなのに、肌の表面がサラリとしているところを見ると、どうやらルイスが清拭《せいしき》してくれていたらしい。

ルイスの指がリリアの顎に添えられる。そして彼の唇が、愛おしげにリリアの顔中に落とされる。

その甘さに、リリアは思わず過呼吸を起こしそうになる。

この一晩で、ルイスのリリアへの溺愛が止まるところを知らない。

なぜか自分から攻めるのは、全く気にならないのに、ルイスからされるのは、どうにもこうにも恥ずかしくてたまらない。

長い口付けを交わしながら、リリアが羞恥で死にそうになっていると、ルイスと彼女の腹が、同時に小さな音を鳴らした。

お互いの顔を見つめ合って、それから吹き出し声を上げて笑う。

「昨夜はリリアに作ってもらったからな。朝食は俺が作るよ」

ルイスが寝台から抜け出し、その均整の取れた美しい体が顕《あらわ》になる。

それを見たリリアの顔が、真っ赤に染め上がった。

いくら一度結ばれたとはいえ、リリアはまだまだ初心者なのである。

好きな男の全裸を凝視できるほどの図太さは、まだないのである。

いや、本当はじっくりと見たい気持ちでいっぱいなのだが。

ルイスは真っ赤になっているリリアを見て、ニヤニヤと楽しそうに笑った。

朝食作りを手伝おうと、リリアも身を起こそうとしたが、残念ながら全身のどこもかしこもガタがきており、そのままべしゃりと寝台に潰れた。

どうやら昨夜は体を酷使しすぎてしまったようだ。

小柄なリリアが大柄なルイスを受け入れたのだから、仕方がない。

「大丈夫だから、そのまま休んでろ」

そう言ってリリアの頭を撫でて一つ口付けを落とすと、ルイスは部屋を出て行った。

仕方なくリリアは自らに疲労回復魔法をかけた。

そして朝食ができるころになって、ようやく寝台から出られるまで回復した。

治療魔法全般を習得しておいてよかったと、しみじみ思う。

食卓には温かなパン粥《がゆ》が置かれていた。

消化に優しいものをと、ルイスが考えてくれたのだろう。

どこまでも気配りの利く素晴らしい男である。

全世界にこの素敵な人が自分の恋人なのだと、自慢して回りたいほどだ。

リリアはほのかに甘いパン粥を口に運び噛み締めながら、悦に入っていた。

「……ガーディナーに手紙を出そうと思う」

朝食を食べながら、ルイスは死地に向かう兵士のような顔をして言った。

「リリアと結婚したいと、師匠とララさんに申し出るつもりだ」

ルイスの顔にあるのは、恐怖と死ぬ覚悟だ。

どうみても恋人と初めて結ばれた朝にする表情ではない。

「多分、ルイスが考えているほどの事態にはならない……と思うのだけれど」

「いや、リリアは甘い。多分師匠は手紙を受け取ったら数日中に、俺を抹殺するべくファルコーネへ襲来する気がする」

なんでもリリアがこの国にくる直前に、父からルイスへ不幸の手紙が届いたらしい。

リリアに手を出したらどうなるかわかっているんだろうな、などという脅しの手紙が。

(何をしてくれてるのよ父様……！)

道理で一生懸命頑張っても、ルイスがなかなかリリアに手を出してくれなかったわけである。

父が裏でしっかりと、ルイスに釘《くぎ》を刺していたのだ。

リリアは顔に微笑みを貼り付けたまま、内心で怒り狂う。

「……だったらユリとマリをこちらの味方につけましょう。あの子たちはルイスのことが大好きだし、それぞれに風と土の精霊がついているから、私たちと合わせれば四大精霊が集まるでしょう？　そうなれば流石の父様といえど、ルイスを簡単にどうこうはできないわ」

据わった目をしたリリアは、ニヤリと悪い顔で笑った。

ルイスに手出しをするのならば、実の父であっても容赦をするつもりはない。

もはや親子間全面戦争も辞さない所存だ。

「さ、流石にそれは師匠が可哀想な気がするが……師匠はリリアが大切だから、こんな強硬な態度をとっているのだろうし。できるだけ対話で解決できるよう、模索してみよう」

ルイスが若干怯えた顔で言った。

すぐに武力行使を考えるのは、父娘の悪い癖である。

だが不幸の手紙を送られてもなお父に同情し、誠意を尽くそうとするあたり、やはりルイスは優しいとリリアは思った。

「とにかく。私はもうガーディナーに戻るつもりはないわ。ここでルイスと暮らすつもりよ」

リリアがきっぱりと言えば、ルイスは嬉しそうに笑う。

それだけでリリアの胸がきゅんと疼いた。

そしてルイスはその日一日をかけて、頭を抱えながら何度も書き直しつつ、リリアの両親へ結婚の許しを請う手紙を書いた。

両親の反対を押し切ってでも、リリアはルイスと結婚するつもりだが、ルイスはそれを嗜めて、ちゃんと筋を通そうと、何度もリリアを諭した。

「師匠もララさんも、リリアのことを愛しているから心配しているんだ。許してもらえるかはわからないが、できる限りのことをしよう」

自身には両親がいないからこそ、余計にリリアの両親を大切にしたいのだと、そう言って。

（あー！　好き……！）

リリアは本日何度目になるかわからないことを、思った。

こんなにできた男は、世界広しといえど、他にいるわけがない。

つまりは結婚を許さない父が悪いのである。リリアの中の結論は単純明快だった。

その日のうちにルイスが書いた手紙と、リリアの幸せ主張《アピール》をこれでもかと詰め込んだ手紙をガーディナーに送った。

するとルイスの予想通り、その後驚くべき早さでガーディナー公国から、大公夫妻のファルコーネ王国来訪の許可、及び国家元首の会談の場を求める旨の親書が、国王であるヨハネスの元へと届いた。

これは二国間の外交としての扱いとなる。

「……なにやら大事になった。すまない」

それを聞き久しぶりに出仕したルイスは、すぐに上司であるヨハネスの元へ出向き、深く頭を下げた。

おそらく、なんの権力も持たないルイスではどうにもできない状況に追い込み、正々堂々とリリアを連れ戻すつもりなのだろう。

さすがは師匠である。そのねちっこさは変わらないらしい。

するとそれを聞いたヨハネスは、腹を抱えてゲラゲラと笑った。

「いやあ、ルイス。むしろよくやってくれた！　まさかガーディナー大公を会談の場に引き摺り出してくれるとは思わなかったよ！　流石の冷血大公も、娘のこととなると普通の親と変わらないのだな」

ヨハネスは、これまで何度もガーディナー大公アリステアに対話の場を求めていた。

だが、ずっと一方的に断られ続けていたのだ。

それが今回、ルイスの結婚騒ぎでようやく実現に漕《こ》ぎ着《つ》けた。

「本当はお前をガーディナーに帰してやるのが一番良いのだろうが、悪いがこの国の王として、それを許してやることはできない。お前は我が国の重要な戦力だからな」

いまやルイスは、この国で一番の魔術師となってしまった。

常に魔物に脅かされているファルコーネとしては、ルイスを簡単に手放すことはできないのだろう。

ルイス自身、この国を、そして親友を見捨てることは、もうできそうにない。

たとえ育ったガーディナー公国よりも、はるかに多くの病巣を抱えた国であっても。

「だがお前の親友として、できる限りのことをしよう。リリア姫を我が国に留《とど》めることは、危険もあるが、恩恵も大きいからな。――そこで一つ、提案があるんだが」

ヨハネスが人の悪そうな顔をして笑う。

リリアを政治の道具にされるのは許せないが、それでも彼女を自分の手元に残せるのならばとルイスはヨハネスの提案を呑むことにした。

第五章　私、お嫁さんになります！

「お疲れ様、リリア。今日もすごい患者数だったわね」

仕事を終え、本日の勤め先の病院を出たところで、先輩魔術師のセリスが声をかけてきた。

リリアは、相変わらずこうして病院等で治療魔術師として働いたり、治水工事の手伝いをしたりと、危険の少ない任務を中心に働いている。

やはり魔物討伐等の任務はもらえない。

元の己の身分を考えれば仕方のないことだと納得はしている。

「あー。休みが欲しいわぁ……」

などとぼやくセリスに対し、リリアも笑って、そうですね、と答える。

彼女とは帰る方向が一緒なので、よくこうして一緒に帰っている。

彼女はリリアがガーディナー公国の公女だなんてことはもちろん知らないので、いつも気兼ねなく声をかけてきてくれる。そのことがとても嬉しい。

ガーディナーにいた頃は公女として、国民の前では猫を何重にも被らなければならなかったため、こんな風に他人と対等に、話したいことを気軽に話せることがリリアは楽しい。

これが友達というものか、などとリリアは初めての経験に喜んでいる。

「そういえば聞いてちょうだいリリア！　あいつ浮気してたのよ！」

そしてたまに同僚から、そんな恋愛相談を受けたりする。

セリスにはすでに一緒に暮らしている、国家魔術師の恋人がいるのだという。

なんでも衛生兵として参加した魔物討伐の任務が予定よりも早く終わり、驚かせようと早めに家に帰ってみたら、寝台に見知らぬ女と裸で絡み合う恋人がいたとのことだった。

「確かに国家魔術師は下の緩い輩が多いけど、彼だけは違うって信じてたのに……」

国家魔術師は、一人でも多く子供を持つことが推奨されている。

魔力を持つ人間の数は、すなわち国防に直結するからだ。

国としては少しでも多く魔術師を増やさねばならない。

よって魔術師は、性に奔放な傾向がある。

くっつくのも別れるのも自由であり頻繁で、それに対し特に責められることもない。

さらに子供はいくらできても良いとされているので、避妊の概念もほぼない。

話を聞いていて、なにやらリリアの心臓が痛くなってきた。

なんせ恋人のルイスはその国家魔術師であり、見目が良い上に性格まで良いのだ。絶対に女性に人気のはずだ。下手をしたら隠し子だっているかもしれない。

彼の過去の恋愛につべこべ言う権利はリリアにはないのだが、どうにもこうにも勝手に想像してはモヤモヤしてしまう。

普段の愛想の悪さもあり、実のところリリアが思うほどルイスは女性にもてではいないのだが、そこは恋人の欲目である。

「もちろんすぐに女共々家から叩《たた》き出してやったんだけれど、それから復縁を迫られて面倒なのよ」

なんでも恋人の浮気相手は、魔力を持たない一般女性であったらしい。

子供に魔力が遺伝するように、魔術師は基本、魔術師同士での婚姻を求められる。

彼の家も魔術師の家系であり、魔力を持たない女性との結婚は、そもそも認められないのだという。

「『魔力なしの女なんて遊びに決まってる。大切なのも結婚したいのも君だけだ。もう一度やり直してくれ』なんて言われて悩んでいるの……」

完全に有罪である。話を聞いているだけでも、潔癖なリリアは苛立ちを隠しきれない。

浮気をしたこともさることながら、魔術師の男が魔力を持たない人を見下していることも腹立たしい。

かつては、魔力持ちは蔑まれ、迫害を受ける立場だった。

だが今では、魔力を持たない人を、見下す立場になったらしい。

「人間って愚かですね……」

「え？　ちょっと待ってリリアちゃん。主語が大きくない？　やっぱり復縁はやめておいた方がいいわよね……」

強気なことを言っていたくせに、セリスが迷いをみせる。

国家魔術師は結婚適齢期を過ぎても独身のままでいると、国に結婚を強制されることになる。なんせ魔術師はその生涯において、子供を三人以上持つことが義務だからだ。

結婚が遅れれば遅れるほど、それだけ繁殖数が減ってしまう。

一人でも多くの魔力持ちを必要としている国は、それを見過ごすことができない。

そして国に適当な繁殖相手を見繕われるくらいならばと、魔術師たちは適齢期に達すると、皆結婚相手を必死に探すことになるのだ。

「まあ、それにしたってそんな男はまず間違いなく屑《くず》なので、やめておいた方が良いと思います！」と言いたい気持ちを堪えて、リリアはあえて何も意見せずにただ曖昧に笑った。

安易に助言し、後で納得のいかない結果になった場合、あなたの言う通りにしたのに、などと文句を言われ、逆恨みされたら面倒なことになる。

結局は自分の都合の良い意見しか、人は聞かないものなのだ。

ただ自分で判断し、一人でその責任を負いたくないから、その背を押してくれる誰かを求めるだけで。

よって重要な判断は、自身ですべきだろう。

そのためリリアは、ちょっとした提案だけをすることにした。

「実はそんなセリスさんにお勧めの、とっておきの魔法があるんですけど」

「え？　本当？　なあに？」

「父が考案、構築し、私が改良した追跡魔法なんですが。なんと、魔法をかけた相手がどこにいるかを全て把握できるという優れものなんです。彼にその魔術をかけることを条件に、復縁するっていうのはどうでしょう？」

私生活《プライバシー》が丸見えになるが、浮気をしたのだから、それくらいの罰《ペナルティ》は甘んじて受けるべきだろう。

浮気を繰り返したいのであれば、絶対に拒否するはずだ。

そして相手が拒否をするのなら、こちらも信用に値しないと復縁も拒否すればいい。

その魔術式を簡単に教えてみたところ、セリスは心配そうに聞いてきた。

「もしかしてリリア。あなたその魔法、恋人に使っているんじゃないわよね？」

「…………」

リリアはにっこりと微笑んだ。

実はルイスとは互いに、その位置探知魔法をかけあっていたりする。

自分だけがルイスの居場所を把握するのは、平等ではないと思ったから、リリアから提案したことだ。

残念ながらルイスはいまだに、ただの一度もリリアの居場所を探知してはくれないが。

それを聞いたセリスの若干引き攣った顔は、気にしないことにする。

自分の感覚が一般的と呼ばれるものから若干……いや、大幅にずれているという自覚は、一応リリアにもあるにはあるのだ。

ルイスが心配ならば良いと言ってくれているのだから、多分良いのである。

彼女と別れ、さまざまな商店が並ぶ道へと向かう。

今日は遅くなりそうだと、ルイスが言っていた。

そのため、早めに仕事が終わったリリアが、夕食を作ろうと思ったのだ。

「お、リリアちゃん！　今日は良い子羊の肉が入ってるよ」

「焼きたてのパンがあるよ！　もってきな！」

「今日は人参《にんじん》がたくさん入荷したから、安くしておくよ」

店の人たちが、この国に来てからすっかり常連になったリリアに、気軽に声をかけてくる。

リリアは母に似て一見おっとりとした見た目をしており、愛想も良いので、人から警戒心を持たれにくいのだ。

わくわくといくつもの店を覗き込んでは、今日の献立を考える。

公女として城の奥で守られながら過ごしてきた箱入りのリリアには、何もかもが目新しく楽しい経験ばかりだ。

（今晩はシチューにしよう）

鞄いっぱいに材料を買い込んで、リリアはほくほくと家に帰る。

そして早速鍋いっぱいに、子羊の肉でシチューを作った。

明らかに二人で食べるには多い。料理初心者がやりがちな必要量の読み違えである。

だが今日は指を三回くらいしか切らなかった。料理の腕が随分と上達した気がする。

味見をしたら、一応ちゃんと食べられる味だった。ルイスは喜んでくれるだろうか。

するとその時、いつものように玄関がノックされた。

ルイスが帰ってきたと思ったリリアは、すぐに椅子から立ち上がり、飼い主を待つ犬のように、小走りで玄関に向かう。

そう、今日こそはいまだ成功していない、念願のあの言葉を使うのだ。

「おかえりなさい！　ルイス！　お食事？　お風呂？　それとも私？」

リリアが満面の笑顔でそう言って、バァンと勢いよく玄関の扉を開ければ。

「まあリリア！　久しぶりね！　元気だった？」

そこにいたのは、愛しい男ではなく、遠い地にいるはずの母であった。

「……え？　か、母様……!?」

にこにこと笑う、まさかのその姿に、リリアは思考が追いつかず唖然とする。

自分は今、とんでもない大恥をかいた気がする。

「ねえリリア。お邪魔してもいいかしら?」

「え? あ、も、もちろんどうぞ」

動揺のあまり吃《ども》りながら返事をすれば、「それじゃ失礼するわね」と母は嬉しそうに家の中に入り、室内をしみじみと懐かしそうに眺めた。

その昔、この小さな家で父と母は共に暮らしていたのだという。

きっと、深い思い入れがあるのだろう。

そして、先ほどのリリアのとんでもないやらかしを、そっとなかったことにしてくれる母は、やはり優しい。

「そう言えばリリア、ついにルイス君と結婚するんですって? おめでとう!」

長年の夢が叶ってよかったわね、と本当に嬉しそうに笑う母は、全くもって反対している様子はない。

リリアは安堵のあまり、そして懐かしさのあまり、久しぶりに母に抱きついてしまった。

「あらまあ、リリアったら。甘えん坊さんね」

母が宥めるように、リリアの背中を優しく撫でる。

このままルイスと結婚し、ファルコーネで生きていくのなら、もう両親には会えなくなるのだろうと、覚悟を決めていた。

けれどこうして母と再会すれば、やはり懐かしくて嬉しくてたまらなかった。

本当はずっと、両親に、弟たちに、会いたかったのだ。

だがガーディナーに帰ったら最後、もうファルコーネには戻してもらえなくなりそうで、ずっと我慢していたのだ。

「母様は、どうしてファルコーネに？　ルイスの手紙を読んだから？」

「もちろんそれもあるけれど。アリスがこの国の国王陛下と会談するっていうから、ついでについてきちゃったの」

「それじゃ今、父様は何処に……？」

「ファルコーネ王宮にいるわ。ちょうど今頃国王陛下との会談に臨んでいるのではないかしら。私は早くリリアに会いたくて、先にここにきちゃったのよ」

少女のようにニコニコと衒《てら》いなく笑う母は、今日も可愛い。

そしてやはり父との全面対決の時は、近いようだ。

どうしてくれようと、リリアは頭の中で対策を練る。

そこでルイスが今日に限って、王宮に出仕していることを思い出した。

精霊に命じ探索してみれば、やはり彼の位置情報はファルコーネ王宮を示している。

つまりそれは父と未来の夫が、出会い頭に一触即発の緊急事態ではなかろうか。

リリアは急いで椅子にかけてあった、国家魔術師の長衣を羽織る。

この長衣を着ていれば、王宮へ自由に出入りすることができるためだ。

「まあ！　懐かしいわね！　私も昔、同じものを着ていたのよ」

そんな娘の姿を、母が目を細めて嬉しそうに見つめる。

そういえば、母も元はこの国の国家魔術師だったのだ。

こんなにものんびりおっとりした性格で、本当にちゃんと国家魔術師として、任務をこなせたのだろうか。

娘としては甚だ疑わしく思ってしまうのであるが。今はそんなこともよりも。

「母様！　私はちょっと王宮に行ってきます！」

「あら、どうしたの？　リリア。もう夕方よ」

「父様にルイスが殺されちゃうかもしれないので！」

すると母は、不思議そうにこてんと首を傾《かし》げた。

「大丈夫だと思うわよ。アリスはルイス君のことが大好きだもの」

リリアはそんな母の呑気な言葉に、盛大に顔を引き攣らせた。

これまで散々父とルイスの死闘を見てきて、なぜそんな結論になるのか。

「母様の父様に対する感覚は、いつもおかしいと思うの……」

「そう？　アリスはわかりやすいと思うけれど」

残念ながら、娘にはちっともわからない。

きっと夫婦にしかわからない何かがあるのだろう、とリリアは結論づける。

とりあえず二人の衝突は、なんとしても止めなければならない。

「とにかく行ってきます！　よかったらこの家で好きなだけのんびりしていってくださいね！」

リリアは叫ぶようにそう言って、家を出る。

たまには母も、父の監視や干渉のない状態で一人ゆっくりしたいだろう。

娘の目から見ても、父の母に対する想いは異常で粘着質で重い。

そしてその気質は、残念なことにしっかりとリリアに遺伝した。

「いってらっしゃい。リリア。気をつけてね」

久しぶりに会った母と、もっとゆっくりと過ごしたいのは山々ではあるが、今は目の前の緊急事態である。

背後から聞こえる母のおっとりした声に、若干気が抜けつつも、リリアは急いで王宮を目指した。

◇◇◇◇

「なるほど。そちらの要望は理解した。だがそれを受け入れたところで、一体我が国にどんな利益があるというんだ？」

なにやら部屋の空気が薄い、とヨハネスは思った。

目の前にいるのは、優秀な国主であり、世界一の魔術師である、アリステア・ガーディナーという男だ。

齢は五十を超えたはずなのに、未だ寒気がするほどの、人並外れた美しい容姿。

そして恐ろしいまでの、これまた人並外れた魔力保有量。

同じく国主であり、また一端《いっぱし》の魔術師であるヨハネスは、ずっと憧れていた存在を前に、ただ圧倒されていた。

覚悟はしていたものの、目の前で座っているだけで、途方もない威圧感だ。

こんなものと日常的に戦っていたという親友に、心からの敬意を表したい。

そしてガーディナー大公がこれほどまでに殺気立っているのは、今まさに、彼から最愛の娘を奪おうとしている男が、ヨハネスの横に立っているからだろうか。

ヨハネスの警護のためという名目で、隣にいるルイスの顔をそっと伺ってみれば、慣れているからか、この圧迫感のなかでも泰然としている。

そのルイスの様子に力付けられ、ヨハネスは勿体《もったい》ぶって口を開いた。

「正直なところはっきりと利と申し上げられるものはありません。ガーディナーが我が国から独立したことを正式に認めること、今後の友好的な国交、そして我が国の国民が、貴国へこれ以上流出しないことくらいでしょうか」

それを聞いた大公が、鼻で笑う。

ヨハネスは内心震え上がりながらも、それらを表に出さぬよう、強気に笑ってみせる。

「国は違えど、同じ人間です。できるならば、人道的な視点で考えていただきたい」

――――今からおよそ三百年前。

魔物によって滅ぼされようとしていたこの国を救ったという大魔術師。

彼の作り上げたこの国を守る偉大なる結界は、最初から耐久年数が三百年と定められていた。

この国の第七王子でありながら、魔術師の素養があり、国家魔術師として働いていたヨハネスは、その事実に気づいてしまった。

三百年に一度、神によって選ばれるという、『審判者』。

元より大魔術師はその審判者として、自らに課せられた以上の年月においては、人間を守ろうとは考えていなかったようだ。

おそらく三百年後は、新たな審判者の審判に任せるという姿勢《スタンス》だったのだろう。

彼が幼い頃より魔力持ちとして人々から迫害を受けていた、という記録が残っている。

実際に彼自身、人間を存続させることを選びながらも、どこかで人間の存在意義を認め切れなかったのかもしれない。

そしていまやファルコーネ王国の結界はその耐久年数を超え、年々その効力を失っている。

この国が滅びるのも、時間の問題だ。

だからこそ第七王子として、本来なら最も低い継承権しか持ち得なかったヨハネスは、自らの手を親兄弟の血で染めた。この国を、人々を守るために。

国民の命を前に、古き王国としての自尊心など、邪魔なだけだ。

なんとしても、どんな手を使っても、新たな結界を張ることができる唯一の人間である、ガーディナー大公の協力を取り付けなければ、この国に未来はない。

――――なぜならば、彼こそが今般《こんぱん》の『審判者』であるが故に。

「それに御息女は、この国に在留されています。御息女が魔物の危険に晒されることをお望みですか？」

ヨハネスがそれを口に出した瞬間。部屋の室温が一気に下がった。

呼吸が苦しくなるほどの、冷気。ガーディナー大公の冷ややかな怒気を感じる。

するとルイスが火の精霊に命じ、室温を適温に戻した。

ガーディナー大公アリステアが、ルイスを睨みつける。

「娘を人質にするつもりか？」

「まさか。そんなつもりはありません。ただ純粋な事実として、御息女自身がこの国に留まることを望まれている、という話です」

勘弁してくれ、とヨハネスは思った。正直怖くて泣きそうである。

だがこの国の王として、ここは頑張らねばならぬ時である。

「大公も御息女と、ここにいるルイスが恋仲であることはご存じでしょう?」

室温が、また急激に下がった。吐く息が白い。指先が悴《かじか》んで辛い。

だがヨハネスは必死に言い募る。これは、最初で最後の機会だ。

「私はルイスに先だっての竜討伐の恩賞として、伯爵位を叙爵するつもりです。そして、ガーディナー公国との国境の地を、領地として与えようと考えています」

「……なるほど、緩衝地ということか」

そこで初めてガーディナー大公が、怒りを収め一考する余地を見せた。

ヨハネスは確かな手応えを感じ、グッと拳を握りしめる。

「そうです。名目上は我が国の領土ではありますが、ルイスは両国の中立の存在として、その地の領主となります」

そしてその妻となるリリアもまた、ルイスの領地で暮らすことになる。

両国に行き来がしやすく、可愛い娘を遠くへは嫁がせたくないという、身勝手な親心をくすぐる悪くない提案と思われた。

「だが、そもそも私は、娘とそこの男との結婚を認めた覚えがないが」

あ、そこに戻っちゃうんだ、とヨハネスは思った。

助けてほしくて、縋る様な思いで己の横に立つルイスを見上げる、

「陛下。ここでの発言を、お許し頂いてもよろしいですか？」

するとと会談が始まってから、初めてルイスが言葉を発した。

「――――許す」

待ってましたとばかりにヨハネスは、王らしく鷹揚《おうよう》に頷いてやる。

やっと主導権が自分からルイスに移り、安堵する。できればここからは傍観者に徹したい。

そしてルイスはアリステアに向き直り、彼をまっすぐに見据え、口を開いた。

「師匠！　リリアを俺にください！」

（こいつ馬鹿だ――――！）

ヨハネスは心の中で絶叫した。愚直にも程がある。

この一言で、これまでのヨハネスの努力が灰塵に帰した気がする。

率直にもすぎるルイスの言葉を受けて、とうとう部屋の気温が氷点下まで下がった。

魔術師としては凡才なヨハネスは、そろそろこの場に耐え切れなくなってきた。

切実に今すぐにここから逃げだしたい。

「――――は？」

ガーディナー大公から、受け入れる気など毛頭ないと言わんばかりの、地を這うような低い声が発せられる。

「リリアをすべてのことから守ります！　苦労はさせません！　大切にします！　幸せにしま

す！　ですから……！」

　飾った言葉を吐いたところで、どうせこの男には通用しないと考えたのだろう。ルイスは、一般的に娘を嫁に出す父が相手に求めるであろう条件を、ひたすら箇条書きのように並べ立てた。

　その時、アリステアの荒ぶる魔力に呼応し、部屋の窓という窓の硝子《がらす》が、破裂音を立てて一斉に全て砕け散った。

　大事なことなのでもう一度言うが、国家魔術師としては中の下程度の実力しかないヨハネスは、いよいよこの部屋から生きて出られる自信がなくなってきた。

　誰でもいいから助けてくれ……！　などと思ったところで。

　部屋の扉がこれまた大きな音を立て、猛烈な勢いで開かれた。――そして。

「何やってるのよ父様ー！　ルイス！　生きてる⁉」

　ノックもなく突然部屋に飛び込んできたのは、この国の国家魔術師であり、ルイスの恋人であり、ガーディナー大公の娘である、今日も元気なリリアだった。

　ヨハネスには一瞬、彼女が救いの女神に見えた。

「リリア……！　元気だったか……！」

　するとリリアの姿を見たガーディナー大公が、それまでの冷たく厳しい表情から一転、父親の顔になって娘の元へと駆け寄る。

のっけから親子間戦争開始の意気込みでいたリリアも、これには驚き目を見開いた。

そこにいるのは大公でも世界一の魔術師でもなく。ただ娘を心配する、一人の父親だった。

「父様……」

リリアは動揺し、その場に立ちすくむ。

するとアリステアは、その無事を確かめるように、リリアをそっと抱き締めた。

その顔には、明らかに安堵があった。

「……ルイス。私は席を外そう。こういうことは家族関係者間でよく話し合ったほうがいい」

そんなもっともらしいことを、もっともらしく言って、ファルコーネ王国国王ヨハネスは席から立ち上がり鷹揚に微笑む。

そしてこの地獄のような部屋から、一人そそくさと脱出して行った。

「リリア……リリア……」

父が何度も名を呼んで、リリアの頭を撫でる。まるで小さな子供の頃のように。

(そういえば、父様や母様とこんなにも長い間離れたのは、初めてだったわ)

そんな父が娘を心配するのは、ごく当たり前のことだった。

父がリリアに渡した腕輪には、生命反応《バイタル》を確認する魔術が組み込まれていた。

それを知っていて、リリアはあえてその腕輪を日常的につけていた。

父や母が不要な心配をしないようにと。

だが生きていることだけはわかる、という状態は、決して心配をしない理由にはならなかったのだろう。

「父様……。心配をかけてごめんなさい」

リリアの口から、素直にそんな言葉が溢れた。

どうせ話を聞いてくれないと、諦めていた。

だが、やはりもう少し話し合いで解決の糸口を探るべきだった。

もちろんこれまでの父の行動については色々と物申したいことはあるが、一方的に父を敵のように思い込んでしまったことを、リリアは反省する。

困ったことに、すぐに行動と武力で解決しようとする似た者父娘であるから、余計に拗《こじ》れるのである。

「……ああ、心配した」

父娘は、ようやく素直に再会を喜び合うことができた。

リリアの元気そうな姿を見て、心配が減ったからだろう。

アリステアは先ほどに比べ大人しくなり、感情を荒らげることもなくなった。

「ねえ父様。私、ルイスが好きなの。この国で、ルイスと一緒に生きていきたい」

人質などではないのだと、リリアは自ら主張した。

だがやはり父はむっつりと黙り込んだ。

父として、簡単に受け入れることはできないのだろう。

「それに私、色々問題はあるけれど、この国が嫌いではないのよ」

新興国であるガーディナーに比べ、古きこの国が抱えた病巣は深い。

けれどリリアはここで暮らし、人々と交流するうちに、ルイスを奪われた頃のように、こんな国滅びてしまえばいい、などとは思わなくなった。

もちろん善良な人間ばかりではない。悪意ある人間も多い。

だがそんなことは、ガーディナー公国だって変わらない。

どんな国であろうが、そこに住むのは等しくただの人間だ。

国という縛りで、善悪をつけるべきものではないのだ。

ここで暮らし始めて、リリアは、そんな当たり前のことに思い至った。

「お願い、父様……！」

リリアが必死になってさらに言い募ろうとしたところで、ルイスが前に出て、深く頭を下げた。

「お願いします。師匠。もう俺には、リリアのいない人生は考えられないんです」

引き離されたこの四年間。互いを想いながらも過ごしていた日々。

繁忙のあまり、気付かなかった自らの飢えに、共に過ごし触れ合うことで、気付いてしまったのだと。

気付いてしまったら、もう、それなしでは生きてはいけないのだと。

そんなルイスの言葉に感極まったリリアが、涙を浮かべぎゅうっと彼にしがみつく。

「……お前たちの気持ちはわかった」

若干の魔力の荒ぶりはあるものの、アリステアは二人の言葉を受け入れた。

少なくとも半殺しくらいにはされるかと思っていたルイスは、驚き目を見開く。

「父様……」

リリアも安堵し、胸を撫でおろした。

こうしてちゃんと話を聞いてもらえるとは思わなかった。

対話する努力を忘れてはいけない、と言ったルイスの言葉は正しかったのだろう。

そもそも武力行使を選ばれたら、父相手では二人がかりでも勝機はないのだが。

「……いずれはこの国に介入しなければとは、思っていた」

アリステアは、深いため息と共に、吐き出すように言った。

やはりこれ以上のファルコーネ王国からの難民の流入は、ガーディナー公国としても避けたい事態であったようだ。

「ファルコーネの国民をこれ以上養えるほど、ガーディナーにゆとりはない」

なんせ人口も領土も、ガーディナーはファルコーネの五分の一程度でしかない。

ファルコーネから一斉に難民が流れ込めば、ガーディナーもまた潰れてしまうだろう。

よってできるならファルコーネの自助努力により、国を立て直してもらうほうが、ガーディナー側としてはありがたいのだ。

だがそれにはまず、効力を失いつつあるファルコーネの結界をなんとかしなければならない。

ファルコーネの国力が下がった原因は、結界の弱体化により魔物の出現が増えたからだ。

魔物討伐に赴いた国家魔術師の殉職が相次ぎ、一気に人手不足に陥った。

ルイスが現在極限まで働かされているのも、それが原因だ。

そしてファルコーネが今回、一番にガーディナー大公アリステアに求めたのは、そのファルコーネ国内の結界の張り直しだった。

それができるのは、この世界で審判者であるアリステアしかいない。

「……もちろん諸々《もろもろ》条件は出させてもらうが、協力はしてやる」

そしてその言葉が父から発された瞬間。リリアは父に抱きついた。

「ありがとう……ありがとう父様……」

アリステアは複雑そうな顔で小さく笑い、子供の頃のように抱きついてきた娘の背中を優しく叩いた。

「ララに……お前の母様に言われた。手を離すこともまた、愛情なのだと」

どうしたって親は、子供よりも先にこの世を去ることになるのだから。

『自分の力でしっかり立てるようにしてあげるのも、親の役目だわ』

臆病だからこそ、大切なものは全て己の手の内に抱え込んで守ろうとするアリステアに、根気強くララはそう諭したのだという。

「……確かにそうだ。どうしたって私は、お前を最期まで守ってやることはできない」

魔術師と言っても、その寿命は一般人と大差ない。

親はほぼ間違いなく、子供よりも先に死ぬことになる。

その後の子の人生を考えれば、身勝手に手の中に囲うのは、罪《エゴ》なのだと。

「リリア、どうしてもお前を私以外の誰かに託さなければならないのなら。……その相手として、ルイスは悪くない」

それは、結婚を許すことと、ほぼ同義だった。リリアとルイスは顔を輝かせる。

「ありがとうございます、師匠。リリアは俺が生涯をかけて守ります」

「当たり前だ。娘を少しでも泣かせてみろ。殺すぞ」

ルイスは相変わらずのその言い草に少し笑い、アリステアに対し、深く頭を下げた。

「ありがとう、父様……！」

リリアもアリステアに抱きついて、礼を言った。

難攻不落な城を陥落させたような、達成感がそこにはあった。

「ルイス……大好き！」

そして父の腕の中から、今度はルイスに抱きつこうとした娘の首根っ子を、アリステアは素早く捕まえる。

「……まだ嫁入り前だ。許さん」

アリステアの目が若干涙目なのは、気のせいではないだろう。

実のところすでにあんなことやそんなことを致してしまっている、などと知ったら間違いなく今度こそルイスの命が危うい。

流石に命が惜しいので、二人はもちろん程よい距離で、生ぬるく微笑み合うにとどめた。

世の中には隠しておいた方が幸せなことが、ままあるのである。

「――では、今後のことについて、話し合いたい」

これから先は家族間ではなく、国家元首同士の話になる。

ルイスはアリステアの言葉に頷いた。

「……では、ヨハネス陛下を呼んできます」

そしてルイスが部屋を出てヨハネスを探してみれば、彼は自室で優雅にお茶を飲んでいた。

こちらが過酷な戦いをしていたというのに、呑気なものである。

「おお、ルイス。生きてたか。それでどうなった？」

「……リリアとの結婚の許可はもらった」

「本当か⁉　お前すごいな‼　あの大公から娘を奪い取るなんて！」

表面上は国王として平静を装っていたものの、終始アリステアに怯えていたヨハネスは、腹心の配下兼親友の快挙に感嘆の声をあげた。

ちなみにヨハネスもかつてリリアとの結婚をアリステアに打診し、一蹴されている。

国王でも落とせなかった花を落としたのだ。大金星である。

「だったら今、大公は機嫌が最悪な感じか……？　ちょっと怖いんだけど」

「いや、そんなことはなさそうだが」

「……ふうん。もしかしたら大公は、元々リリア姫をお前に渡す覚悟を決めていたのかもな」

「……そうかもしれない」

「とりあえず、おめでとう！　結婚式の時は是非盛大に祝わせてくれよ！」

親友は笑い合い、肩を叩《たた》き合い、そして大公の待つ戦場へと向かう。

そこから国家間の話し合いが再び始まった。国益が絡む以上、互いに妥協はできない。

ファルコーネ側からは、ガーディナー公国を正式に国として認め、対等な国として国交を結ぶことを、ガーディナー側からは、対魔結界の提供に対する金銭的な対価について提案された。

それはファルコーネ王国が国の運営を脅かさずにかろうじて支払い可能な、ぎりぎりの金額であった。

その絶妙な金額設定に、さすがだとヨハネスは唸《うな》った。

あまりにも高い金額をふっかければこの話は流れ、二国間が修復不可能な関係になるだろう。

下手をすれば魔物どころか、人間同士の戦争になる可能性がある。そうなれば目も当てられない。

それをわかっていて大公は、ファルコーネが受け入れられるぎりぎりの金額を予測し、提示した。国主として最大限の国益を得ようとしているわけだ。

国庫に重い負担がかかるものの、国民の命には代えられないと、ヨハネスはそれを呑んだ。

金ならば、なんとかなる。だが人命だけは、どうにもならない。

失われた命を前に、どれほど金を積み上げても、決して戻りはしないのだ。

そんなヨハネスの姿勢に、ガーディナー大公アリステアは初めて興味ありげに片眉を上げた。

「ファルコーネの王族共は、揃《そろ》いも揃って無能な馬鹿揃《ぞろ》いだと思っていたが、そうでもなかったようだな」

「お褒めの言葉をありがとうございます。その馬鹿共は全て私が処分致しましたので、ご安心ください」

ヨハネスはにっこりと嫌味《いやみ》なく笑う。

ファルコーネ王族という括《くく》りで、足元を見られたら困るのだと。

言っていることは途方もなく不穏であるが、アリステアはむしろヨハネスが気に入ったらしく、小さく笑った。

「今回提供する結界についてだが。ガーディナーよりも、ファルコーネ王国の国土は圧倒的に広い。この面積にガーディナーと同等の品質の結界を張ることは、私であっても難しいということを、まずは理解してほしい」

やはり三百年前の大魔術師の結界と、同等のものを張ることはできないようだ。

ヨハネスが眉間に皺を寄せる。高い費用を払う以上、それなりの効果が期待できなければ意味がない。

「竜種はおそらく防げまい。それでも良いか？」

「……え？」

何でも現在のガーディナーの結界は、竜種にすら有効らしい。

国内で妻が竜に襲われた事件があって以後、アリステアは結界の改修を繰り返し、その領域にまで達したのだという。

むしろその事実にルイスとヨハネスは驚いた。

つまりは現在、ガーディナー国内に入り込める魔物は、皆無ということか。

道理でガーディナーには国家魔術師制度がないわけである。ガーディナーには戦力としての魔術師は必要ないのだ。

「私の作る結界は、張る範囲にいくつか中継点を作ることで、どの場所においても同程度の効力がある」

ファルコーネは王都を中心に結界が構築されており、王都から遠ざかるほど、その恩恵が失われるという設計だった。

一方でガーディナー大公が展開する結界は、結界内部であればどこも同程度の防魔効果があるという。

「……噂《うわさ》には聞いていましたが。本当に素晴らしいですね」

ヨハネスが感嘆のため息を吐く。ファルコーネ王国で魔物の被害に遭うのは、辺境に住む国民ばかりだ。

だからこそ人口が、王都を中心に集中する。そして王都に住めない貧しい国民が犠牲となる。

だがガーディナーと同じ結界があれば、現在ヨハネスを悩ませている。王都への人口集中をも防ぐことができるだろう。

安全さえ確保できれば、あえて王都近辺で暮らす必要はないのだから。

「その中継点を、王都に一つ、辺境にそれぞれ十ほど設置し、一気に結界を展開する」

そして結界を張ったのち、内側に残った弱体化した魔物たちを駆逐する。

「そうすれば、この国はもう、魔物の脅威に怯える必要がなくなるだろう。……もちろん、先ほども話したように竜種は別だが」

話を聞いたヨハネスは、感極まった顔をしていた。

――――ファルコーネ王国の王となって、三年。

彼がどれほどこの国のために尽力していたか、ルイスは知っている。

国王と、その公妾であった魔術師の母との間に生まれた第七王子であり、現王家に生まれた唯一の魔力持ち。

だが王位継承から遠いこともあり、ヨハネスは王族ではなく魔術師として生きることを選んだのだ。

かつて、ルイスがこの国に来たばかりの頃、ヨハネスは国家魔術師の先輩として、彼の指導にあたった。

ガーディナーからやってきたルイスを色眼鏡で見る他の魔術師とは違い、ヨハネスは気さくに話しかけてきた。

そして、ルイスの師であるガーディナー大公アリステアの話を聞きたがった。

彼の憧れる偉大なる魔術師は、ルイスにとっては大人気ないおっさんであったが、それでも世界一の魔術師であることには間違いない。

ガーディナーが誇る国を守る結界、政治、社会福祉制度、聞けば聞くほどヨハネスはますますガーディナー大公に傾倒した。

『──ガーディナーのように、この国の結界も、張り替えることができたらいいのにな』

初めはそんな、漠然とした夢物語だった。

だがヨハネスの父である国王をはじめ、この国の上層部は、そんなガーディナーを敵視し、見下す愚かな者たちばかりで。

王家の血を引いていることもあり、やがてヨハネスは魔術師長の地位についた。

ヨハネスの魔術師としての実力は、特出したものではない。

だが彼は、魔術師としての能力の不足を、知識と管理能力、そして信念で賄った。

魔術師長となり、代々の魔術師長が残した資料を読み漁り、ヨハネスは、この世界の秘密に気付いてしまった。

――人は三百年に一度、神より審判を受ける。

九百年前に突如現れた、人を捕食する魔物。

六百年前に多くの人間を飲み込んだ大洪水。

それらは全て、神が地上に送り出した審判者による審判だったのだと。

そして三百年前、現れた審判者は久しぶりに人間の存続を選択した。

世界を滅ぼすこともできるその魔力を、国を守る結界に使用したのだ。

だがその結界は、今まさにその寿命を終え、効力を失おうとしている。

それら全てを知ったヨハネスの決断、及び行動は早かった。

この国を守る為に、魔術師たちを率いて情勢が全く見えていない愚鈍な父や兄たちを殺害、及び幽閉して、王位の簒奪《さんだつ》を行ったのだ。

彼は滅亡へと向かうこの国を、なんとか立ち止まらせ、救おうとしていた。

――この優しげな見た目の男は、途方もない罪を背負ってここにいる。

ルイスは友として、そんなヨハネスを、そしてこのファルコーネ王国を、見捨てることができなかった。

　リリアが自分の帰りを待っていることを知りながら、どうしても目の前で伸ばされた助けを求める手を、無視することができなかったのだ。

「魔物たちは飢えると共食いを始める。餌である人間たちがいなくなれば、いずれは勝手に絶滅するよう設計されているようだ」

　アリステアの言葉を聞いた皆が、戦慄する。

　九百年前の審判者は、人間だけを綺麗にこの世界から駆逐しようとしたのだ。

　そこに、人間という存在への、深い憎しみを感じる。

「よってかなりの年月がかかるだろうが、人間が結界内に閉じこもれば、いずれ魔物たちは自滅するだろう」

　――――そしてこの世界は、再び人間のものとなる。

　ヨハネスはわずかに身震いをした後、細く長く息を吐く。

　かつての夢物語が、現実味を帯びて目の前にあった。

　まずは結界の媒介として使用する魔石の生成が必要となるため、結界の張り直しは三ヶ月後と決まった。

「大公、晩餐《ばんさん》を共にしませんか？」

　そろそろ空腹になったヨハネスの誘いに、アリステアは首を横に振る。

「悪いが妻が待っているのでね。今日はこれで失礼しよう」

「奥様はどちらに？」

「あ、ルイス。母様ならうちにいるわ」

「ええ⁉」

今更ながらに思い出したリリアに、ルイスは慌てた。

「だったら急いで帰らないとな。随分と長い時間、ララさんを一人で待たせてしまっているだろう？」

「うん。それに私、シチューを作ったの。帰ってみんなで食べましょう。もちろん父様もよ！」

ちょうど作り過ぎちゃったの、という愛娘《まなむすめ》の誘いに、アリステアは小さく笑って頷いた。

「では陛下。俺たちはこれで失礼致します」

「ああ、ではまた明日な」

ヨハネスは憑《つ》き物《もの》が取れたかのように晴れやかに笑い、手を振った。

王宮を辞して、父と娘とその恋人は、郊外にある家へと向かう。

「ところでリリア。お前料理なんて作れたのか？」

父の疑問に、娘は得意げな顔をした。

「最近始めたの。今日はなんと、指を三回しか切らなかったのよ！」

「それは三回も切った、の間違いじゃないのか……？」

アリステアの顔が一気に不安を滲ませる。それを見たルイスは思わず吹き出した。

「料理に治療魔法が必須なのは、明らかにおかしいと思うが」

「だって、刃物なんてこれまでほとんど使ったことがないんだもの。仕方がないでしょ！」

なんせリリアはお姫様育ちである。料理などこれまでやる必要がなかったのだ。

やがて郊外の古く小さな家に到着し、やはり古ぼけた木の玄関を開ける。

「ただいま戻りました」

「あら、お帰りなさい！　アリス、リリア、ルイス君」

すると玄関までララが駆け寄って出迎えてくれる。

その姿をアリステアは目を細めて見つめ、蕩ける様に笑った。

「ああ、懐かしいですね」

「うふふ。でしょう？」

楽しげにララは、皆を家の中へと招き入れる。

「お腹《なか》が空いたでしょう？　すぐに食事にしましょうね」

そして家族で分担して夕食の準備を始めた。

テーブルに温め直したシチューとパン、それから簡単なサラダと食器を並べる。

それらを見て「思ったよりはまともそうだな」などとアリステアが余計な一言を呟き、リリアが盛大に剥《む》れ、その尖った唇を見て皆で笑い合う。

(それにしても、父様と母様、とても楽しそう)

リリアは仲睦《むつ》まじい両親の姿に目を細める。

きっとかつてここで二人、こんなふうに仲良く暮らしていたのだろう。

準備を終えると、各々席につき、今日の糧に祈りを捧《ささ》げ、食事を始める。

そんな、どこにでもあるような幸せな家族の風景に、リリアは胸がいっぱいになる。

弟たちがいたら、もっと楽しかったかもしれない。

「……リリア」

だが自信作のシチューを一口食べた父から、硬い声が漏れた。

「……この肉。ちゃんと下ごしらえはしたのか？」

「下ごしらえ？　ちゃんと切ってお鍋に入れたわ」

「……。それから、味がほとんどしないんだが」

「まあ、ちょっと薄いかもしれないけど」

「これを薄味と言うのなら、水も薄味だと言うしかないな」

リリアは顔を引き攣らせた。父の苦言が小姑《こじゅうとめ》じみている。

リリアが実娘だからまだいいが、嫁だったら絶対に嫌われるやつである。

「あ、でもほら、一応食べられるから大丈夫よ！　リリア！」

「多少獣臭いが、これはこれで野性味があっていいかもしれないな！」

　母と恋人が、擁護になっていない擁護を入れてくれる。

　余計に悲しくなるからそっと黙っていてほしい。二人の優しさが痛い。

「……少し味付けを直そうか。一度皆鍋に戻してくれ」

「……はい。父様」

　おそらく少しではなく大幅に直されるのだろう。リリアはしょんぼりしつつ、素直に父の指示に従った。

　悔しいことに、父の料理は料理人顔負けに美味しいのだ。

「あらまあ、リリアったら。そんな落ち込まなくたって大丈夫よ。私も昔アリスから『要領が悪くて時間がかかりすぎな上にちっとも美味しくないので、僕が作った方が何倍もマシです。手を出さないでください』って言われていたもの。おかげでここで一緒に暮らしている間、ほとんど料理は作らせてもらえなかったのよね」

　妻のララにのほほんと暴露された、かつてのアリステアの辛辣すぎる言葉に、娘と弟子の顔が盛大に引き攣った。

「……父様、それは流石にあんまりだと思うわ……言い過ぎでしょ……？」

「うふふ。私が仕事で疲れているだろうからって、アリスは気を遣ってくれていたのよ。可愛いでしょう？」

「相変わらず母様は『可愛い』の概念が少しおかしいと思うの……」

「師匠、それはいくらなんでも捻《ひね》くれ過《す》ぎでは……？　もう少し言い方ってものが……」

口々に娘と弟子から非難されたアリステアは、鍋をかき混ぜながら、眉間に皺を寄せ苦り切った表情で「若気の至りだ」とぼやいた。

第六章　俺は、君を愛してる

村でその子供がただ一人生き残ったのは、なんてことはない。

その子供に井戸の水を与える大人が、いなかったからだ。

虐げられ、貶《おとし》められた者たちが集まれば、そこでもまた序列が生まれる。

同じ迫害を受けた者の間で、尊ばれる者と、蔑まれる者に分けられるのだ。

その子供は、魔力持ちの中でも、蔑まれる存在だった。

あまりにも異質な見た目を持ち、あまりにも深く精霊から愛されたが故に。

村では、誰もが幼いその子供を、気味が悪いと、存在しないもののように扱った。

よって明らかに未だ庇護を必要とする年齢でありながら、誰一人としてその子供の面倒をみる者はいなかったのだ。

それでもその子供が生きながらえていたのは、その子を愛する精霊たちが、水を与え、食べられる物のありかを教えていたからだ。

だからこそその子は井戸の毒を飲むことはなく、村でたった一人、生き残ってしまった。

そして一体何が起こったのかわからないうちに、略奪者たちの手にかかった。

何も教えられなかった幼い子供は、「死」の概念も、自分の体に振り下ろされたその刃の意味さえもわからなかったのだ。

避けることすら思いつかず、小さな体に容赦無く振り下ろされた刃物は、その子供に命を奪う大きな傷を負わせた。

激しい痛みと、地に流れていく血。そして、迫り来る死に。

子供はとうとうこの世界を呪ってしまったのだ。――寂しい、と。

誰一人として、自分の存在を許してくれないことが、寂しくてたまらないと。

するとその子を愛する精霊たちは、甘く誘った。

ねえ、その身に隠した、力をちょうだい。

怖がってずっとしまいこんでいた、力を。

――そうしたらあなたが寂しくない様に、たくさんたくさん道連れにしてあげる。

◇◇◇◇

夢を見ていた。どうしようもない、絶望の色をした夢だ。

（……あー、久しぶりに見たなぁ……）

幼い頃から繰り返し見た夢。頭の奥がずんと重い。この夢を見ると、毎回そうだ。

瞼越しにも差し込む陽光を感じる。

もう一度寝直したいが、どうやらもう朝のようだ。

渋々ながらもリリアが重い瞼を上げれば、そこは青いビロードで作られた天蓋だった。

身を沈ませている柔らかな寝台は、最上級の寝心地である。

朝起きると体が軋《きし》んでいる、あの狭くて硬い、古ぼけた寝台ではなく。

（…………あれ？）

一瞬ここがどこだか分からず、リリアはぼうっとする頭で身を起こそうとした。

だが、体に温かな何かが絡まっていて、動けない。

一体なんだろうと、己の体を覗き込めば、それは逞《たくま》しい男性の腕で。

「んっ……」

リリアがもぞもぞと動いたからだろう。その体に絡まった腕の持ち主が、小さく呻《うめ》き声《ごえ》を漏らした。

耳元で発されたその低く掠れた声に、リリアの腰が砕ける。

「ル、ルイス……！」

どうやら彼に抱き込まれているようだ。しかも、互いに生まれたままの姿で。もう何度もこうして抱き合っているのに、今でもリリアは慣れることができない。触れ合う肌が、どうしようもなく気持ちが良い。おそらく魔力の相性が良いのだろう。ルイスに触れられると、その遺伝子を欲しがってか、リリアはすぐにぐずぐずになってしまうのだ。

案の定下腹部がじいんと熱を持って、リリアは慌てる。

昨夜も散々愛しあったというのに、欲しがりにも程があるだろう。痴女か。

（ち、違うことを考えるのよ！　そう、違うことを……）

「……リリア」

必死に思考を散らそうとしていると耳元で名前を呼ばれた。リリアは即、陥落した。

体から力が抜け、体の芯が疼く。

「起きてたの……⁉」

「今、起きた。……ああ、目が覚めてすぐにリリアがいるって、やっぱり最高だな」

その真紅の目を細め、幸せそうに笑うルイス。リリアは彼の言葉に心底同意する。

目が覚めたらすぐ目の前にルイス。ただただ至福である。

（生きててよかった……！）

世の中捨てたものではないのだな、などとリリアが感慨に浸っていると、ルイスがのし掛かってくる。

日の光の中、欲を含んだ目で見下ろされれば、リリアの体がぞくりと戦慄《わなな》いた。

今日もルイスの色気が凄い。このダダ漏れの色気を、これまで彼は一体どこにどうやって隠していたのだろう。

（これはいけない……。本当にいけない……！）

供給過多で、リリアの心臓が壊れてしまいそうなくらいに激しく脈打っている。

ルイスの視線が、リリアの身体をなぞる。それだけでガクガクと腰が震える。

「リリア、触れてもいいか？」

こんな時でもリリアの意思を疎《おろ》かにしない生真面目なルイスが、好き過ぎて苦しい。

リリアは音がしそうなくらいに激しく、首を縦に振った。

ルイスの唇が降りてきて、そっとリリアの唇に触れる。すぐに離れて、また触れる。

それを繰り返しているうちに、彼の大きな手がリリアの乳房にかかった。

強弱をつけながら揉まれているうちに、その先端がツンとした甘い痛みと共に、勃ち上がるのがわかる。

それなのに、ルイスはなかなかそこに触れてくれない。焦らしているのだろう。

すっかりルイスが手慣れてしまって、追いつけないリリアは途方に暮れているのだが。

やがて咥《くわ》え込む様に口付けをされ、そろりと入ってきた舌を必死で受け入れる。

「んんっ……！」

ルイスの舌が口腔内に余すところなく触れて、それに翻弄されているうちに、胸の頂を摘み上げられ、リリアは腰を跳ね上げた。

色付いた縁をなぞり、優しく触れてみたり、突然強めに押しつぶしたりと、指先で甚振られ、その度にリリアは体をびくつかせる。

初めての時、恐る恐るリリアの肌に触れたルイスの指は、すっかり持ち前の器用さで彼女を翻弄する様になってしまった。

執拗に与えられる愛撫に、うずうずとした焦燥感が下腹部に溜まっていく。

いかんともし難いその感覚を逃がそうと、リリアが内腿《うちもも》をこすり合わせれば、ルイスはそこへ腕を差し込み、大きくその脚を開かせてしまった。

流石にこんなにも明るい中で、秘部を晒すことは初めてで、リリアは慌てて脚を閉じようとする。

だがルイスがそこへ自らの身を割り込ませて、それを許してくれない。

「ルイス……！　恥ずかしいわ……！」

ようやく解放された唇で抗議すれば、ルイスは珍しく意地悪そうに笑った。

唇でリリアの耳を喰み、散々舐《ねぶ》った後で首筋へと舌を伝わせ、乳房を辿って腹へ至り。

楽しげにそこにある小さな臍《へそ》を舌先で突いた後で、さらに下へと向かう。

やがてルイスはリリアの脚の付け根に顔を埋めた。

「待って……！　流石にそこは……！」

流石のリリアにも、一応羞恥心というものは存在するのである。

体をくねらせて逃げようとするが、元々倍近い体格差があり、体勢を変えることができない。

ルイスの指がリリアの秘裂を押し開き、その内側を露出させる。

そして、そこへねっとりと舌を這わせた。

「やあっ……！」

熱く濡れた生々しい感触が、隠されたリリアの小さな神経の塊に触れる。

これまで感じたことのない感覚に、リリアは思わず背中を反らせて高い声を上げた。

「待って、ルイス……！」

必死に制止するとルイスが動きを止め、脚の間から、こちらを伺う様に見てくる。

このまま続けたいと、彼の目が言っている。

リリアも実のところ、気持ちが良くてたまらない。

だがなけなしの乙女心が、止めなければならないと主張するので、止めてしまったのである。

「う……」

そしてリリアは、惚《ほ》れた男の懇願に弱い。

またしても、ただ頷くことしかできなかった。

許しを受けて、すぐにまたルイスの舌が動き出す。

蜜口に指をそっと差し込み、その内側を探りながら、舌先で割れ目を舐め上げ、花芯を突っつく。

「ひっ！　あ、ああっ！」

ビクビクと体を跳ね上げながら、リリアは与えられる快感に耐える。

だが痛いほどに立ち上がった花心を、ちゅうっと音を立てて吸い上げられた瞬間。

「あああああっ……！」

溜め込んだ熱が弾け、リリアは絶頂に達してしまった。

大きく背中を反らし、全身をガクガクと痙攣《けいれん》させる。

脈動と共に内側へきゅうっと引き絞られる様な感覚が続き、中に入ったままのルイスの指を締め付ける。

やがて体の隅々にまで、痛痒い様な独特の感覚が広がっていく。

快楽の波が収まった頃には、リリアはぐったりと脱力し、寝台に深く体を沈み込ませてしまっていた。

だが、それでもルイスの指は、情け容赦なくリリアの内側に刺激を与えてくる。

リリアにわずかでも痛い思いをさせたくないのか、ルイスは前戯がやたらとしつこいのだ。

何がなんだか分からなくなるくらいまで、リリアをとろとろに溶かしてくれる。

もっと強引でも良いのに、などと時に思うのだが、大切にされていることがわかるので、リリアは幸せに満たされる。

「リリア……いいか？」

そしてルイスは必ず、そうリリアに懇願してくる。

その時の、どこか焦燥を感じるルイスの声が、たまらなく好きだ。

求められていることを、愛されていることを、実感する。

「……ええ」

これまでルイスに散々翻弄されてきた自分が、許しを与えるこの時ばかりは、優位に立ったような愉悦に満たされる。

想いの天秤が釣り合った様な、幸せな錯覚。

「──っ！」

ルイスの一部が己の体の中に入り込む。その異物感すらも愛おしい。

彼以外誰も入れない、リリアの腹の奥。

そこに触れられるときはいつも、怯えて思わず腰を引いてしまう。

すると普段優しいルイスの手が、逃すまいと、リリアの体を拘束する。

「ああっ……！」

寝台に押し付けられ、容赦無く敏感な奥を暴かれて。被虐的な快感が湧き上がる。

見上げる彼の、眉間の皺。悩ましげな、苦しげな表情。

その全てを、自分が与えているという、満たされた想い。

「あっ……！　ああ……！　好き……！　ルイス……！」

揺さぶられる度に、その名を、想いを、こぼしてしまう。

「リリア……！」

切なげに自分の名を呼んで、強く抱きしめて、己の中に欲望を解放する男が、愛おしくてたまらない。

荒い息を互いに整えて、口付けを交わして、頬擦りをして。

「おはよう」

今更ながらに交わされる朝の挨拶に、思わず笑い合う。

「もう一度寝たいが、流石にそういうわけにはいかないな」

ルイスが窓の外を見て、眩しそうに目を細める。リリアも笑って頷く。

「……水の精霊よ」

リリアは精霊に声をかけて力を借り、自分とルイスに回復魔法をかける。

すると体の疲労が一気に回復し、ルイスにつけられた鬱血も消える。

彼の執着の痕を残したくて、普段なら自然に消えるまでわざとらしく残すのだが、残念ながら今日に限っては、そういうわけにはいかないのだ。

ルイスの腕が背中に回され、そっと身を起こしてくれる。

リリアの部屋の真ん中には、美しい白いドレスが飾られている。

今日のために、両親が前もって用意してくれていた、リリアの花嫁衣装だ。

最高級の白地の絹をたっぷりと使い、何層にも重ねられた裾には、銀糸で細かな花の刺繍がびっしりと施されている。

光を受けてキラキラと輝いているのは、身頃に大小いくつも縫いつけられた、金剛石だ。

こんなにも手と金をかけて作られた衣装を、リリアは他に見たことがない。

この花嫁衣装が届いたのはもう何日も前なのに、またうっとりと見惚れてしまう。

いつかリリアが嫁ぐ日のためにと、両親によって随分と前から準備されていたものなのだという。

なんだかんだと文句を言いながら、娘が嫁ぐことを受け入れていたのだろう。

そのドレスを見るたびに、リリアは本当にルイスと結婚するのだと実感する。

早く袖を通し、名実ともに彼の妻になりたい。

「……師匠と双子は、昼過ぎに到着予定だそうだ」

そして今日は、父と弟たちが、この地にやってくる予定だ。

身体中に散らばった鬱血を治療したのは、それが理由である。

若干世間一般の淑女より羞恥心が不足しているリリアでも、流石に家族にルイスと愛し合った証拠を見せつける勇気はない。

なによりルイスが、父に消される可能性が高い。

（ここまできて、そんな愚は犯せないわ……！）

なんせ念願の目標まで後少しである。ほんの少しの隙も見せてはならない。

今、ルイスとリリアが暮らしているのは、ファルコーネとガーディナーの国境付近にある領主の城だ。

古竜討伐の恩賞として、ファルコーネ王国国王ヨハネスにより伯爵位を叙爵されたルイスは、ファルコーネ王国とガーディナー公国との国境付近にある広大な領地と、ラザフォードという新たな姓を与えられた。

ルイスの新たな姓は、そのままこの地の新たな名称になった。

そしてファルコーネとガーディナー、二つの国の友好の証として、リリアとルイスは婚姻を結び、両国の間に新たに作られた緩衝地であるこの地で暮らすことになったのだ。

ファルコーネ国王の腹心の臣下と、ガーディナー大公の愛娘として。

まるで政略結婚のようだが、実際は純然たる恋愛結婚である。

ルイスもリリアもそんなつもりはなかったのだが、どうせならついでに立派な大義名分をつくってしまおうと、抜け目のないヨハネスが画策した。

こうして両国に祝福された上で、二人は結婚することになった。

二人の結婚式は、ルイスの領地となった、ここラザフォードの地で行われる予定だ。

リリアがルイスと共に治めることになるラザフォードの地は、国境を挟んですぐにガーディナー公国があり、リリアが里帰りし易《やす》い上に、その家族もまた彼女の元へ遊びにも行き易いという、利便性の高い立地だ。

よってガーディナー大公一家も、大公閣下を除いては手放しにこの結婚を喜んでいるようだ。なかなか会えない遠いところへ嫁がれるよりも、ずっと良いということだろう。

ルイスとしても、ガーディナー大公家の公女であるリリアを娶《めと》るにあたり、ふさわしい身分を得られたことに安堵しているようだ。

ルイスが国王ヨハネスの親友であり、腹心の臣下でもあるため、この破格の叙爵は表立って批判されることはなかった。

そもそもヨハネスは独裁者だ。この国において、彼の決めたことは絶対である。

あの穏やかな雰囲気にそぐわず、彼は自らに逆らう人間を、一切許さない。

ヨハネスが王となってまず行ったのは、自分以外の直系王族たちの徹底的な殺戮《さつりく》と貴族たちの大粛清だった。

この簒奪劇で彼によって処刑台に送られた人間は、貴賤《きせん》に関わりなく、三桁を軽く超える。

そのおかげでリリアから見れば呑気で柔和で優しげなあの男は、裏では殺戮王だの血塗《ちまみ》れ王だのと呼ばれ恐れられているのだ。

この領地の元々の領主もまた、その際に粛清されたうちの一人だ。

領民が次々にガーディナーに流れることを食い止めようと、国境付近に領軍を置き、武力行使したことがヨハネスに知られ、それをきっかけに行われた監査により度重なる税金の横領が発覚、家は取り潰され、領主は処刑されたのだという。

当初この地の領主は、若きヨハネス王を舐め切り、多くの証拠を前にしながら、彼の前でくだらない言い訳を並び立てたらしい。

それを聞いたヨハネスは、微笑みを浮かべたまま、即座に領主の処刑を命じた。

処刑は財産を隠される前にと、可及的速やかに執行された。

そして持ち主を失った爵位と領地と城を、ルイスはそのまま貰い受けることになったのだ。

（……きっと陛下は、どこかが壊れているのね）

ヨハネスは普段は感情を激することなく、穏やかな微笑みを浮かべており、人当たりも良い。

だが彼は、目的のためならば手段を選ばない男だ。

おそらくは自分自身でそう決めたのだろう。だから心や情といったものを全て切り捨てた。

そして人間として、決定的に壊れてしまった。

逆らえば、すぐに首を落とされてしまうという、暴君の印象を作り上げた。

だからこそヨハネスに仕えている者たちは、自分はいつ処刑台に送られるのかと、戦々恐々としているのだ。

彼の腹心の部下であり、親友である、ルイス以外は。

ヨハネスはなぜかやたらとルイスに懐き、ルイスがどんな無礼な態度を取ろうが、何を言おうが、喜んでヘラヘラ笑うだけだ。

よって周囲からルイスは、ヨハネスに対する抑止力《ストッパー》としての役割をも期待されている。

（……どこかが異常な人間は、真っ当な人間のそばに居たがるのよね）

リリアはそんなヨハネスに対し、一定の理解を示していた。

もしかしたら、同病相憐《どうびょうあいあわ》れむ、というやつなのかもしれない。

（まあ、それでもやっぱり許せないことは許せないけれどね！）

ちなみに伯爵位をもらいこの地の領主となったものの、国家魔術師としての籍も残されているため、ルイスはこの先もヨハネスに良い様に使われる未来しか見えない。

これから妻となるリリアとしては、そのことが非常に腹立たしい。

もしヨハネスがルイスの親友でなかったら、抹殺を考えていたかもしれない。

流石にファルコーネの国王陛下を暗殺するわけにはいかないので、リリアはこれでも我慢しているのだ。

そして二ヶ月ほど前に、婚約者であるリリアと共に、ルイスは自らに与えられた領地、ラザフォードに移住した。

そこで居城として案内された前領主の城は、非常に贅《ぜい》を凝らしたものだった。

内装も家財道具も全てが一級品で揃えられている。

ルイスとリリアは、その内部に入った瞬間に呆れてしまった。

（これは酷い……）

ここは決して裕福な土地ではない。明らかにこの城は不相応だ。

前領主が処刑されたと聞いたときは、さすがのリリアも少しやりすぎではないのかと思ったのだが、領地自体は貧しいというのにこれでは、ヨハネスの怒りを買うのもわかる。

裕福な者が、贅沢に金を使うことは罪ではない。

そうすることで下々まで金は回り、経済もまた回る。

けれどそれには限度がある。資産以上の金を使えば、不足した部分をどこからか補填《ほてん》しなければならない。

前領主にとって、それは領民だったのだろう。

彼は国税に加えて、法定以上の領税を領民に負わせていたのだ。

領民への武力行使の件で国から監査を入れてみれば、その内情は、あまりにも悲惨だった。

ガーディナーへこの地の領民が流れてしまうのも、理解できる。

領主の処刑後、立地故の統治の難しさから適当な人材がおらず、新たな領主は任命されないまま、ここはしばらく国の直轄地となっていた。

『いやあ、ルイスに対する私の厚い信頼を感じてほしいな！』

などと宣い、ヨハネスはこの難しい地をルイスに押し付けた。

未来の妻であるリリアとしては、これまた腹立たしいことこの上ない。

突っぱねてしまえば良いものを、ルイスはリリアを妻とするために、この話を受けた。

確かにファルコーネとガーディナーとの間に緩衝地は必要なのだろう。

魔物への脅威がなくなれば、いずれ人は、同じ人へとその敵意を向けるだろうから。

両国と深い繋がりのあるルイスは、間違いなくこの地の領主として最も適した人材だった。

一方でこの地の民は、新たな領主に警戒心を持っている。

前領主から続く、貴族そのものへの不信だろう。

国の直轄地となり、目に見えて生活が楽になったところへ、今回の新たな領主の就任だ。

警戒されるのは当然である。前の領主とルイスを比べるなど、リリアからすれば許しがたい愚行であるが。

さらにどうしたってここからは、豊かな隣国ガーディナーが見えるのだ。

人は他人と比較して、己の幸不幸を決める生き物である。

ガーディナー公国の裕福な生活を見せつけられれば、どうしたって自己憐憫《れんびん》で心を病ませてしまうものだ。

だからこそ領主として着任してからのこの二ヶ月、リリアとルイスはラザフォードの地のために、奔走した。

まず城にある売り払えそうなものに関しては、領主としての対面を傷つけない程度に、売り払ってしまった。

それから、領民に対し、新たな領主としての顔見せを兼ねて、領地中を視察して回った。

やはり領地は貧しかった。それでも生まれ育った土地だからと、ここから離れようとはしない領民たちに、二人はできるだけ誠実に対応した。

ルイスは国家魔術師としての仕事で度々王都に呼び出されているため、領地に関わる仕事の多くをリリアが受け持った。

リリアは両親の意向により、公女でありながら後継である弟たちと同等に、施政者としての高等教育を受けていた。

そのため領主としての適性は、ほぼ平民として育ったルイスよりも、圧倒的に高かった。

「どう考えても、領主業は俺よりリリアの方が向いているしな」

そのことはルイスも理解しており、リリアが領主代行として領地運営の中心となって動くことを、むしろ後押ししてくれている。

自分の不足に無駄に劣等感を抱く人間が多い中で、ルイスのその柔軟な姿勢を、リリアは尊敬していた。

彼の期待に添える様、父にガーディナーの優秀な行政官を何人か借りて、リリアは日々領地の立て直しを図っている。

同時に、二人は結婚式の準備も並行して行った。

ガーディナー大公アリステアの結界が、無事にこの国を覆うことができたら。

リリアとルイスは、新たに暮らすことになるこの地で、結婚式をあげることになっていた。

リリアとしては、うっかりルイスが正気に戻り、婚約を反故《ほご》されないうちに、一刻も早く彼と結婚し、名実共に彼の妻となりたいのだが。

まずはこの国を落ち着かせることが先だと、必死に我慢しているのである。

永遠にも感じる様な、この二ヶ月を乗り越え、とうとうリリアの父から結界を張るための中継点とする魔石が完成したと連絡が来た。

そして今日はその魔石を持って、父と弟たちがこの城にやってくるのだ。

父はそのままファルコーネ王国の王都に赴き、ファルコーネ城の地下にあるという、元々の結界の中心に新たな結界を敷き直し、魔力を供給する予定だ。

そして、弟二人は、この地に結界を張るための魔石設置を手伝ってくれるらしい。

（いよいよだわ……！）

これさえ終われば、リリアはルイスと晴れて夫婦になれるのだ。

可及的速やかに仕事を終え、あとは大団円に一直線なのである。

昼過ぎに、予定通り父と弟がラザフォード城にやってきた。

「リリア、元気にしていたか？」

「リリ姉！　久しぶり！」

「リリ姉様。お久しぶりです！」

「父様！　あら？　ユリウス、マリウス……？」

一年ほど会わないうちに、弟たちの身長はリリアを遥《はる》かに超えていた。

知らぬ間に弟に見下されている。姉として、ただただ屈辱である。

「あれ？　リリ姉縮んだ？」

そして生意気な方の弟ユリウスが、また余計な一言を言ってきた。

「縮むわけないでしょ？　あなたが無駄に大きくなったのよ」

「いやあ、見下すって気持ちいいね。それはともかく、ルイス兄との婚約おめでとう。執念の勝利だね。いやあ怖い怖い」

「……愛の勝利と言いなさい」

応接室の温度が一気に下がった。今日も懲りない姉弟である。

「でもルイス兄もさ、ちゃんと嫌だったら嫌って言わなきゃだめだよ？」

「こら、ユリウス。リリアに失礼なこと言うな。ちゃんと俺から求婚したんだよ」

するとそれを聞いたユリウスは、大袈裟《おおげさ》に驚いた顔をした。

どうやらリリアが押し切ったのだと思っていたらしい。相変わらず腹立たしい弟である。

「えー。ルイス兄だったらもっと可愛くて優しいお嫁さんをいくらでももらえるのに。なんでわざわざこんな面倒で凶暴な事故物件と」

「お黙りユリ。あなた、命が惜しくないみたいね……？」

今にも姉弟間戦争が勃発しそうになり、さらに室温が下がったので、ルイスは肩をすくめ、指を鳴らして火の精霊に命じ、その冷気を祓《はら》った。

「ユリウス。寂しいなら素直に寂しいって言わないと駄目だぞ」

それから手を伸ばし、ユリウスの青みがかった銀の髪をくしゃりとかき回す。

するとユリウスはバツが悪そうに、頬をうっすらと赤く染め、目を逸らした。

「さすがルイス兄さん。ほら、ユリもリリ姉様もこんなところまできて喧嘩《けんか》しないの」

気立てが良い方の弟マリウスは、その柔らかな焦茶色の目を細めて笑い、喧嘩っ早い姉と兄を嗜める。

マリウスはガーディナ三姉弟の中で、末っ子でありながら一番大人で苦労症である。

それから各々、今後の予定を確認する。

「じゃあ俺は北の中継地点にマリウスと共に向かう。リリアは西にユリウスと共に向かってくれ」

力の均等を考えつつも、姉弟を仲直りさせるつもりだったのだろう。

あえて相性のあまり良くない二人を、ルイスは組ませた。

結婚前に、姉弟で忌憚《きたん》なく言い争いでもなんでもすれば良いのだと笑って。

リリアとユリウスは不満そうに唇を尖らせる。なんせ似た者姉弟である。

「それでは私は王都へ向かい、結界を張ってくる。予定時間は三日後の正午。それまでにこの結界石を指定した場所へ設置してくれ」

皆で差し出された地図の印を確かめる。

結界を守るため、その場所がわからない様、この魔石は地中深くに埋めて設置する。

それからその魔石に魔術師で魔力を込めて、起動させるのだ。

それに伴い、ファルコーネ王国からも、補助として国家魔術師が何人か派遣されてきていた。

作られた結界石は全部で十個。ファルコーネ王国を取り囲む様に、設置される。

縦に長い土地であるラザフォードに設置されるのは、そのうちの二つだ。

その二つを、ルイスとマリウス、リリアとユリウスに別れ、それぞれ幾人かの国家魔術師を連れて、魔物を駆逐し追い立てながら、設置をしに行くことになったのだ。

「いいか。くれぐれも無理はするなよ」

アリステアが子供たちに言い聞かせる。

国家魔術師として働いているリリアはともかく、平和なガーディナーで育ったユリウスとマリウスには、ほぼ魔物退治の経験はない。

効力は落ちているとはいえ一応は結界内であるし、二人は優秀な魔術師でもある。

それほどの危険はないと思うが、なんせ二人は十四歳。

人間が最も痛々しく自己愛と自己顕示欲を拗らせる年齢である。

「大丈夫よ。私とルイスがついているもの」

リリアは胸を張って言ってみたが、父はさらに不安そうな顔をするだけだった。何故だ。

「とにかく私はファルコーネの王都へ行ってくる。全てが終わったら……お前たちの結婚式だな」

そこまでの溜めがやたらと長かった。

いい加減、父も諦めてほしい。娘は嫁に行くったら行くのである。

だがそれでもリリアは父を、尊敬していた。

なんせ自分にはできなかったことを、彼は成し遂げたのだ。

「いってらっしゃい、父様。——あなたの審判に、心からの敬意を」

深く頭を下げた娘からの言葉に、アリステアは怪訝《けげん》そうな顔をする。

だがリリアはただ笑んで、王都へ向かう彼へ手を振るだけに止めた。

「いいか、くれぐれも無理はしない様にな」

そしてその三日後。結界石設置のため城を出るリリアに、ルイスが念を押すように父と全く同じことを言った。

リリアは少々遠い目をしてしまった。何故自分はこんなにも信用がないのだろうか。母に似ていささか童顔であることは認めるが、これでもとうに成人して久しいはずなのだが。

「大丈夫よルイス。私これで結構強いのよ」

「それはわかっているが、力を過信するのはだめだ」

「ルイス兄、僕がついているから大丈夫だよ」

ユリウスの言葉に、「……まあ、そうだな、ユリウスもいるもんな」などと、ルイスが明らかに安堵の色を見せた。納得がいかない。

「つむむっ！」

頭にきたのでリリアは思い切りルイスに抱きついて、その唇に強引に口付けをした。

最近あまり動揺してくれなくなった彼が、真っ赤な顔をしたので、してやったりとリリアは笑う。

背後で弟たちが呆れた顔をしているが、気にしてはいけない。

「リリア……！」

「えへへ。行ってきます！　――んっ！」

ルイスに怒られる前にと、リリアがそそくさと逃げようとすれば、もう一度引き寄せられて唇を奪われた。

リリアは表面が触れるだけの可愛らしい口付けだったというのに、ルイスは食らいつく様な激しい口付けをくれた。

「――っ‼」

執拗に唇を吸い上げられて、今度はリリアが全身真っ赤になる番だった。

背後で弟たちが顔を赤らめ目を逸らしている。羞恥で死にそうだ。

それにしても、その温かくて柔らかな感触に、幾度も体を重ね合った今でも、胸がきゅうっと締め付けられるのはなぜだろう。

「気をつけて行ってこいよ」

彼の優しい微笑みに、うっかり目頭が熱くなって、リリアは慌てて踵《きびす》を返す。

ルイスへの精神依存が深刻で、我ながら恐ろしい。

(早く帰ろう……!)

リリアは拳を振り上げる。そうだ。サクッと任務を終わらせるのだ。

そうしたら、待ちに待ったルイスとの念願の結婚式だ。

そしてリリアとユリウスは数人の国家魔術師たちと共に、父に指定された国境付近の森へと、遭遇する魔物たちを駆逐しながら向かった。

初めての魔物退治に、ユリウスは実に楽しそうだ。

なんせ彼を愛する風の精霊は、火の精霊に次いで好戦的な精霊なのである。

平和なガーディナーでは、その父譲りの強大な魔力を、思い切り使える場もないのだろう。

「凶暴なリリ姉がいないと、全力で喧嘩できる相手もいないしさぁ。あー！　魔物退治って楽しいな‼」

狼型の魔物をお得意の風の魔法でズタズタに切り裂き血祭りに上げながら、楽しそうに笑ってそんなことを言う弟は、今日も大変に失礼である。

流石にこの年齢で、弟と取っ組み合いの喧嘩をするつもりはない。

さらに端から見ると完全に血に酔った異常者に見えるので、姉として弟の未来が非常に心配である。

だがそんな憎まれ口も、彼なりの淋《さび》しいという主張なのだろう。

「だったらいつでも遊びに来ればいいじゃない。なんせお隣さんだもの」

そう言ってやれば、ユリウスは一瞬、泣きだしそうな顔をした。

彼は悪ぶって強がっているだけで、実はマリウス以上に寂《さみ》しがり屋《や》なのだということを、リリアは出発前にルイスに聞き、初めて知った。

そんなふうに、いつだってルイスは人のことを良く見ている。

「……うん。そうだね。本当に婚約おめでとう。リリ姉」

珍しい弟の素直な祝福に、リリアも笑って手を伸ばし、その銀色の髪をよしよしと撫でてやろうとした。

だが思い切り全力で後方に避けられ、リリアの手は宙を撫でた。

ルイスの手は素直に受け入れたくせに、何故だ。

「もう子供じゃないし。やめてよ恥ずかしい」

などと生意気なことを言いつつ、だがその頬がうっすらと赤らんでいたので、良しとする。

なんだかんだ可愛い弟である。

そして半日かけてたどり着いた、指定されたその場所は、何もない草原の中だった。

地図を広げ、場所の確認をする。間違いはなさそうだ。

「土の精霊よ……！」

地面に手をつくと、リリアは地の精霊に呼びかける。

リリアは水の精霊と最も相性が良いが、他にも火以外の精霊であれば、ある程度その力を拝借することができる。

（そう！　やっぱり私に足りないのは、ルイスだけなのよ！）

やはり自分達は共にいるべくして共にいるのだと、悦に入りながら、リリアは地の精霊に穴を掘ってもらう。

「うん、これくらいでいいんじゃない？」

風の精霊に愛されているが故に、土の精霊を一切使うことができないユリウスが、風を足に纏わせ、高い位置に飛び上がり穴の深さを確かめる。

そして何人かで協力し、アリステアが作った結界の中継用の魔石をその穴に収めようとした、その瞬間。

「――ファルコーネ王国、万歳！」

ファルコーネから派遣された老齢の国家魔術師の一人が、突然そう叫び、設置された魔石になんらかの魔術を掛け、砕いてしまった。

キラキラと、魔石の破片が飛び散り、輝く。

「……え？」

リリアもユリウスも、一体何が起こったのかわからず、唖然とする。

「何を……！」

いち早く正気に戻ったユリウスが、風の精霊に命じ、その砕け散った魔石の前から国家魔術師の男を弾き飛ばした。

「なぜこんなことを……！」

頭に血が上り、怒鳴ったリリアに、その国家魔術師は嘲笑する。

「我が国にガーディナー大公の作った新たな結界など不要！　我らには偉大なる初代魔術師長様がお造りになられた結界があるのだから！」

ユリウスの魔法で内臓まで傷が達したのだろう。魔術師が、血を吐きながら叫ぶ。

「何を言っているのよ……！」

だからその結界がもう限界だというのに、一体何を考えているのか。

「ガーディナー如《ごと》きに良い様にされて、たまるものか！」

ファルコーネの民に、ガーディナーへの反感を持つものは多い。

だが、多くの国民の命がかかっているこの状況で、そんなことを言ってどうするのか。

「大体この国から魔物がいなくなったら、魔術師はどうなる……!?」

男のどこか切実な言葉に、リリアは目を瞠《みは》る。

「魔物がいるからこそ、我ら魔術師は今、それなりの地位にあるのだ！　だがそれがなくなったのなら――」

魔力持ちは人間たちの中で、圧倒的に少数派《マイノリティ》だ。

何百人に一人いるかいないか、という程度の人数しかいない。

さらにそこから代々の魔術師の家系を除いたら、魔力持ちは一般にはほとんど存在しないと言っていい。

いまだに物知らぬ田舎の方では、魔力持ちは迫害を受けることがあると聞いた。

「我らはまた泥水を啜《すす》るような、そんな立場になりかねないのだぞ！」

おそらくは彼も、そういった経験を持つ一人なのだろう。

結界が張られ、この国から魔物がいなくなり、その能力が必要とされなくなったのなら。

魔術師に、その存在価値がなくなってしまったのなら。

確かに今のように、国から厚遇されることもなくなるのだろう。

――それどころか、あの頃のように。

かつて負った傷を思い出し、リリアの足が震えた。

だが、それでも必死に前を向く。

「そんなもの、知性と理性でどうにかするのよ。私たちは、人間なのだから」

それは、なんの根拠もない絵空事。きっと、誰もが嗤う綺麗事。

けれども今のリリアには、信用に値する人がいた。愛してやまない人がいた。

人間は、思ったよりも悪くない。今ならば、胸を張って言える。

「リリ姉！　どうしよう、もう時間が……！」

胸元から懐中時計を取り出し時刻を確認したユリウスが、悲鳴のような声を上げた。

もうすぐ父が指定した時間だ。だが砕け散った魔石では、どうすることもできない。

「……っ！」

そして、この地点に穴が空いたまま、その時間は来てしまった。

わずかながら、父の魔力の波動を感じる。

そして、この中継点を外れたまま、結界が張られてしまったことを知る。

「……一度王都に帰って父様に報告。別途手立てを考えるわよ！　ユリ、あなたなら風を使って早く戻れるでしょう。だから先んじて――」

すると先ほどの国家魔術師の男が、胸元から何かを取り出した。

そこにあるのは、瓶に入った何かの液体。粘度の高い、赤黒い、何か。

ぞくり、とリリアの背中に冷たいものが走る。あれは、絶対に良くないものだ。

そして魔術師は、躊躇なくその瓶を地面に叩きつけて割った。

中身がそこら中に飛び散って、なんとも言えない血生臭い匂いが充満する。

「お前！　何をした……！」

ユリウスが風で男を拘束する。だが男はゲラゲラと声高に嘲笑し、突然白目を剥き、泡を吹いて動かなくなった。

どうやら口の中に仕込んでいた毒で、自決したようだ。

「……どうして……」

リリアの肌がぴりりと痛む。精霊たちが警鐘を鳴らしているのだ。

それからじわじわと何かが迫ってくるような、圧迫感。

この感覚を、リリアはよく知っていた。

「魔物……」

呆然と呟く。足の裏から感じるのは、地面のわずかな揺れだ。

これまで対峙《たいじ》してきた魔物の群れとは、数の桁が違う。

結界の外側から、何百何千というとんでもない数の魔物たちが、この場所を目指し、群れで迫ってきているのだ。

おそらく先ほどの国家魔術師がばら撒《ま》いたのは、魔物寄せの薬だろう。

竜の血を使えば、魔物を誘き寄せる薬が作れるのだと、かつてルイスの祖母であるニコルから聞いたことがある。

彼女は国家魔術師の現役時代に、竜の研究をしていた。

竜が寿命を終えたとき、その死体に魔物たちが群がり、竜の力を得ようとその屍肉《しにく》を食い漁《あさ》るのだという。その習性を利用したものだと。

――――必要なものは、鮮度の高い、けれども死んでしまった竜の血。

もしかしたらその血は、この前ルイスと共に倒した竜のものなのかもしれない。

誘き寄せた魔物が、さらに多くの魔物を呼ぶ。

結界によって弾かれ、国の外へと押し出された魔物たちが、連れ合い群れをなし、この結界の穴を目指して、一斉に移動をしているのだ。

新たに張られた結界のせいで、餌である人間が供給されなくなることを、魔物たちは悟ったのかもしれない。

おそらくは本能で、この結界の穴を目指しているのだ。

これまで魔物には知性がないと、皆が思っていた。

だが、生まれ出てからのこの九百年で、彼らも少なからず進化を遂げたということなのかもしれない。

あれだけの数の魔物が、このラザフォードに入り込めば、領民たちはただでは済まない。

領地全体に、とんでもない被害が出ることだろう。

それだけではない。ここには今、ガーディナー大公家の跡取りと、ファルコーネとの友好の証として嫁ぐ予定の、大公家の公女がいる。

リリアとユリウスに何かあれば、両国の関係が壊滅的なものとなることは、必至。

おそらくこの件《くだん》の首謀者は、それを狙っているのだろう。

豊かなガーディナー公国を未だファルコーネの一部であると主張し、独立を認めず必要以上にガーディナー公国を敵視している人間が、この国には多く存在する。

(――なんとしてもここで、食い止めなければ)

下手をすれば、人間同士の戦争が起きかねない。

「ユリ、あなたは逃げて。そして助けを呼んできてちょうだい」

「は？　馬鹿なこと言うなよ！　リリ姉置いて僕一人で逃げるなんて、できるわけないだろ！　僕も戦う！」

弟はこの場に残り、リリアと共に死ぬまで戦う気であるらしい。

初めて味わう死の恐怖で真っ青な顔をして、その足は小さく震えているというのに。

だがこの先は、大人の領域だ。幼い弟を巻き込むつもりはない。

リリアは弟に向かって、怒鳴った。

「私は大人で国家魔術師よ。だけどあなたは私の弟でまだ子供なの。命をかけて戦うなんて、烏許《おこ》がましいのよ！」

ユリウスが顔を歪め、歯を食いしばる。

本当はもっと優しい言い方をしてやりたいけれど、余裕がない。

「ここに残られても正直足手まといなのよ。そんなことより、早く助けを呼んできてちょうだい。あなたならできるわ」

そう、ユリウスの風ならば、それができる。

彼の風は、誰よりも早く彼を、遠くの場所へと運ぶから。

「――わかった。リリ姉！　絶対死ぬなよ！　すぐにルイス兄か父様を呼んでくるから！」

ユリウス自身、同じ結論に至ったのだろう。

悔しげに軽く唇を噛んだ後、そう叫んで踵を返す。

それから体に風の精霊を纏わせると、人ではあり得ない速さで移動を始めた。

その背を見つめ、リリアは安堵のため息を吐く。

弟だけでも、絶対に生き残ってもらわなければ。

ユリウスの後を追うように、リリア以外の国家魔術師たちも、蜘蛛《くも》の子を散らすようにその場から逃げていった。

国家魔術師のくせに情けないと思うが、ここに残られても邪魔なだけだったので、ちょうど良い。

そしてリリアは、体に魔力を巡らせ始める。

なんとしても、ここで魔物を食い止めなければならない。

だが、自分一人で殺せる魔物の数は、それほど多くないだろう。

そもそもリリアの水の力は、ルイスの火の様に戦闘向きではないのだ。

だが一方で、水の力はこと防御においては、鉄壁を誇る。

（……だったら、もう、これしか方法がない）

リリアはその場に跪き、祈る様な姿勢をとった。

魔力は魔術師の体から離れると、どうしても大気に溶けて霧散する。

大きな魔力を行使したければ、己を核とするのが最も良いのだ。

ルイスが竜討伐の際、リリアがつけた傷に直接触れて、竜の中に大量の火の精霊を送り込んだように。

リリアは目を瞑り、感覚を澄ませる。

すると魔物の走る地響きが、その荒い息遣いまでもが、聞こえてくる様な気がした。

「因果応報……ってヤツかしらね」

かつては、罪悪感などなかった。それを感じられるほどの教育は、受けていなかったから。

だが愛された故に愛を知り、前の自分が犯した罪の重さに、今更ながら気づいてしまった。

そんな自分が幸せになろうだなんて、烏滸がましかったのかもしれない。
そんな都合の良いことを、神はお許しにならなかったのかもしれない。
「ルイス……」
愛しい名を唇に乗せる。それだけで胸が焦がれる。
彼は自分を見つけてくれるだろうか。悲しんでくれるだろうか。
そしていつもの様に、愛おしげに見つめてくれるだろうか。
「――大好き」
恋をした。どうしようもなく無様で、どうしようもなく幸せな恋だ。
ああ、悪くない一生だった。前回とは比べものにならないほどに。
（水の精霊よ――）
ずっと、生まれる前からそばにいてくれた親友に、リリアは話しかける。
かつて彼らに願ったのは、目の前にある全てを消し去ることだった。
けれども今、リリアは自分の大切な存在のために、この力を使うのだ。
（お願い……！）
持てる全ての魔力を、唇にのせる。
――そしてリリアの意識は、真っ白に溶けた。

「終わったようだな」

無事に結界が張られたことを確認し、ルイスは一つ大きな安堵のため息を吐く。

これでファルコーネ王国での魔物の被害は、大幅に減るはずだ。

竜種が防げない以上、国家魔術師の仕事の全てがなくなるわけではないだろうが。

もう少しリリアと共に、過ごせる時間も増えるだろう。

幸せな未来を思い、ルイスが頬を緩めた、その時。

「……ルイス兄様。なにか、おかしい」

ともに結界石を埋めたマリウスが、不安げな声をこぼした。

彼はその繊細で優しい気性からか、魔力や精霊の気配に敏感だった。

「……どうした？」

「西側に、結界が張られていない。魔物たちの気配が、一斉にそっちの方に向かってる」

「……は？」

ルイスの口から、乾いた声が漏れた。

そしてマリウスの言葉を反芻《はんすう》し、その内容に全身から血の気が引く。

西の中継地点へ向かったのは、リリアとユリウスだ。

結界が張られていないということは、二人が魔石の設置に失敗したということで。

しかも魔物たちが、一斉に彼らの元へ向かっているという。一体何があったのか。

魔力の均等を考え、リリアと離れたことを、ルイスは今更ながら悔やむ。

「ここはもう問題ないはずだ。俺は西の様子を見てくる」

「……うん。お願い」

その時、ぞくりと全身が震えた。

それは、途方もない量の魔力の発露。

ルイスがよく知っている、恋しく愛おしい魔力。

「ルイス、兄様……！」

何かを察したマリウスが、泣きそうな声を上げた。

「あれは……。一体なんだ……？」

西の方から物凄《ものすご》い勢いで構築され、こちらへと迫ってくるもの。

「氷の、壁……？」

おそらくは、魔物の侵入を防ぐためだろう。結界の張られていないその隙間を埋める様に。

あっという間に、分厚くて高い、氷の壁が聳《そび》え立《た》った。

それが誰の仕業かは、聞くまでもなくわかっていた。

「……リリア」

ルイスの口から懇願の響きを持って、愛する女の名前が溢れた。

「マリウス！　すぐに王都に帰って師匠に報告を！　俺はリリアとユリウスを助けに行く！」

「うん！　ルイス兄様、リリ姉様とユリウスをお願い……！」

すぐに近くに繋いであった馬に乗ると、ルイスは西側へ、マリウスは王都へ向かって走り出す。

（リリアはどこにいる……！）

ルイスはかつてリリアにかけた、探知魔法に呼び掛ける。

どうしてもとリリアに請われ、互いにかけあった魔法だ。

『私がどこで何をしているか不安になったら、いつでも確認してね♡』

などと言われたものの、リリアは一度だってルイスを不安にさせることはなかった。

よって、これまで一度も使用したことがなかったのだが。

まさかこんな風に、あの魔法が役に立つことになるとは思わなかった。

（────いた）

元々結界石が設置されるはずだった場所近くに、リリアの反応がある。

（リリア、ユリウス、どうか無事で……！）

離れていては、祈ることしかできない。

「ルイス兄……！」

募る焦燥の中必死に馬を走らせていると、リリアと共にいるはずのユリウスが、森の中から現れものすごい勢いで飛びついてきた。

「ルイス兄！　ルイス兄……！　助けて……！」

いつもは大体無表情か、皮肉げに笑っていることが多いユリウスが、泣きじゃくったのだろう、涙でぐしゃぐしゃになった顔をしている。

それだけで、尋常ではない事態が起きたのだと、察する。

そして彼から嗚咽《おえつ》混じりの話を聞いて、ルイスは呻《うめ》いた。

「リリ姉が今一人で魔物を食い止めてる。お願い、ルイス兄、リリ姉を助けて……！」

「すぐに行く。絶対に助ける。ユリウス、お前はマリウスと一緒に王都へ行って、この事態を師匠に伝えてくれ！」

「わかった！　ルイス兄も気をつけて……！」

時間を惜しみ、すぐにユリウスと別れると、ルイスはリリアの位置情報の元へと直走《ひたはし》った。

こんなにも焦燥に焼かれるのは、生まれて初めてだ。

（どうか、どうか無事でいてくれ……）

氷の壁沿いを走り続け、ようやく探知魔法が示すリリアの場所へと辿《たど》り着《つ》き。

「リリア……？」

――そして、目の前の光景に、ルイスは絶望した。

たしかに、リリアはそこにいた。
だが、彼女はまるで人柱の様に、祈る姿勢で透明な氷の中に埋め込まれていた。
まるで、それは芸術作品のように美しく。
そして、生きているとは到底思えない姿だった。
おそらく己の体と魂を核にして、この強大な魔法を構築したのだろう。
ユリウスを、この地の民を、守るために。
氷壁の向こう側から、魔物たちの耳障りな鳴き声が聞こえる。
ルイスの大切なリリアを食おうとして、集まったのであろう、魔物たち。
「…………」
ルイスは風の精霊の力を借り、体をふわりと浮かび上がらせると、氷壁の上へ登る。
そして、そこから魔物たちを見下ろした。
氷壁の向こう側は、見渡す限り魔物だらけだった。
これまで見たことがないほどの、魔物たちの群れ。
だが、恐怖はまるでなかった。それどころか、何もかもに現実味がない。
手を天に掲げる。全身の血が沸騰しそうなほどに、魔力が満ちる。
「――――死ね」

そして、数えきれない炎の矢を作り、放った。

高い場所から行われたそれは、一方的な殺戮だった。

こんなにも冷酷な気持ちになったのは、初めてだった。

「――燃えろ、燃えろ、燃えろ。何もかもすべて、燃え尽きてしまえばいい」

ただ無心に炎の矢を撃ち続け、気がついたら、周囲に動くものは何一ついなくなっていた。

生きた肉の焼ける、むせかえる様な悪臭の中で。

ルイスは氷壁をふらりと降りて、眠るリリアへと近づく。

透明な氷の中にいるリリアは、傷一つなく美しく、まるで眠っているかの様だ。

「リリア……俺を氷漬けにするんじゃなかったのか……お前がなってどうするんだよ……？」

こんな状況でも、くだらない恨み言しか出ない。

ルイスは氷の壁に手をついて、頽《くずお》れる。

「何もかも放り投げて、逃げちまえばよかっただろうが……」

こんなところで、妙な責任感を発揮するよりも。

ただ生きていてくれさえすれば、それでよかったのに。

涙が止まらなかった。どうして、と。それればかりが頭の中に渦巻く。

どれほどの時間、そうしていたのか。

気がつけば、付いた手の周りの氷壁が、溶け始めていた。

どうやら無意識のうちにルイスが発した熱で、溶けてしまったらしい。

自身は熱く感じないために、気が付かなかった。

そこで、ルイスはふと気付く。

ルイスの火は、ルイス自身を傷付けない。

ならばリリアの水もまた、リリア自身を傷付けることはないのではないだろうか、と。

『いざとなったら人の生体冷凍保存《コールドスリープ》に挑戦してみようと思って』

ルイスは、かつての彼女の言葉を思い出した。

それは生きた人の体を凍らせ、必要な時に溶かし、また蘇らせるという技術なのだと。

だが虫と魚以外では、まだ成功していないのだとリリアは言っていた。

だから、実際にその魔法を人間に使うのは、賭けのようなものなのだと。

(――それでも、もしかしたら)

きっと水の精霊たちはリリアを、自らの愛し子を守るだろう。

ルイスは心を決め、細心の注意を払い、リリアの周囲の氷を溶かしていく。

長い時間をかけてリリアを氷壁から取り出せば、その体は凍りついて冷たくなっていた。

硬くて重い、その小さな体を抱きしめる。

それから閉ざされた冷たい唇にそっと自分の唇を重ね、リリアの内側に火の魔力を吹き込む。

彼女の体を極力傷めない様に、少しずつゆっくりと。

魔力制御は師であるアリステアに徹底的に仕込まれており、得意な方だ。

（死ぬな……頼む……死なないでくれ……！）

やがて彼女の体が、ルイスの魔力で温もりを取り戻す。

けれど、その瞼は動かない。脈も戻ってはこない。

「リリア……リリア……リリア……」

ルイスにはもう、彼女の名を呼び続けることしかできなかった。

（やはりもうダメなのか……）

リリアの体をギュッと強く抱きしめる。

ルイスの赤い目から、また涙が次から次へとこぼれ落ちた。

己の無力さに絶望し、ここでこのまま彼女と共に死んでしまおうと思った、その時。


「……あら。ルイスの涙なんて、久しぶり」


なんとも呑気な掠れ声が聞こえ、驚いたルイスは顔を上げた。

「悲しんでくれたの？　嬉しいなあ……」

うっすらと開いた瞼から、青銀色の目が覗き、唇が緩やかな弧を描いている。

気がつけば、リリアの脈は弱いながらも戻っていた。

「リリア……?」

「私、生きているのね。よかった。またルイスに会えた……」

もう駄目かと思ったと、リリアの目にも、安堵の涙が浮かぶ。

「リリア……リリア……リリア……!」

またしても馬鹿みたいに、彼女の名前だけが口から溢れた。そして。

「愛している。愛しているんだ……」

それだけは、今すぐに伝えなければならなかった。

自分が死んでもルイスが悲しまないと、リリアが思っているならば、許せなかった。

「うん。……私も愛してる」

そんなふうに真っ直ぐに言葉を返してくれるリリアが、どうしようもなく好きだ。

ルイスはリリアからの想いを、一度たりとも疑ったことがない。

それは、彼女がルイスを不安にさせないからだ。

いつもわかりやすく愛情を注いでくれるからだ。

それが、どれほどありがたいことだったのか。今更ながらに噛み締める。

——もう、失えるわけがない。

ルイスの涙を呑気に喜んでいるリリアに、ルイスは恨み言を吐く。

「お前が死んだら、俺も死ぬからな……」

「ええ？　そうなの⁉」

驚いたようにリリアが目を丸くする。

やはりルイスの想いは、まだ伝わり切っていないようだ。

「まあ、何もしなくとも師匠が殺してくれるだろうが……」

「あ、それはそうかも」

二人で涙を流しながら、小さく噴き出す。

それからルイスはリリアの体に負担をかけぬよう、そっと抱きしめた。

「……どうせ俺は、お前がいなきゃ、もう生きていけないからな」

だから、二度と命を賭すような真似はしないでくれと、そう耳元で囁けば、感極まったリリアが、ルイスの背に腕を回し抱き付いてきた。

水の精霊たちが彼女を回復させてくれたのだろう。その力は思いのほか強かった。

そのことに、ルイスは心底安堵する。きっともう大丈夫だ。

二人はそのまま抱き合って、気がすむまで子供の様に泣いた。

そして魔物たちがまた集まってくる可能性を考え、またユリウスやマリウスとすれ違わない様、しばらくその場に残ることにした。

核となるリリアを失ったが、季節は初春だ。

分厚い氷壁はまだしばらく、溶けずにそこにあるだろう。

溶け切る前に、おそらくユリウスとマリウスが、援軍を連れてきてくれるはずだ。

その間一体何があったのか、リリアはルイスにゆっくりと話す。

「……魔物たちがいなくなった後、この国で魔術師が必要とされなくなることを、彼は恐れていたみたい」

今回実行犯は一人だったが、おそらく彼に賛同し、協力した者が他にもいるだろう。

リリアの同僚の元婚約者然《しか》り、魔力を持っていることを誇りに思い、選民意識を持つ魔術師は多い。

それが失われることを、恐れる気持ちもよくわかる。

そして人は、自分とは違うものを恐れ、排斥する傾向がある。

いずれ魔力を持つものが冷遇され、迫害を受ける未来が、またやってくるのかもしれない。

強大な魔力故に親に捨てられた過去を持つルイスには、そのことを恐れる魔術師たちの気持ちも理解できる。

魔術師として人に必要とされることで、慰撫《いぶ》された何かが確かにあったから。

「でも、人間はそこまで愚かではないと、私は信じたいの」

「そうだな……」

魔物の討伐がなくなったとしても、魔術師が必要とされるような環境を作ればいい。

「まあ、大丈夫じゃないか？　なんせファルコーネもガーディナーも、国主が魔術師だからな」

「確かにそれもそうね」

その人格はともかくとして、彼らは国主としては優秀であるし、魔術師の立場が悪くなるようなことは、少なくともしばらくはなさそうだ。

「それでその魔術師に竜の血で魔物を誘き寄せられて。私とユリだけでは掃討は難しいと思ったから、ユリを逃して氷壁を作ったの」

その際、氷壁の核となるために、実験していた生体冷凍保存の魔法を己に掛けた。

「水の精霊たちが、私の体が傷つくたびにずっと再生魔法を掛け続けてくれたみたい。つまりはやっぱり生体冷凍保存は、私以外には使えないということね……」

解凍すると同時に、リリアを愛する水の精霊たちが彼女の体を急速再生することで、かろうじて成功した魔法。

リリアほど水の精霊に愛されている人間は、おそらくこの世界にいない。

つまりは、他の人間には使えない魔法ということだ。

土の精霊の愛し子であるリリアの母が、やはり自らの身を石に変える固有魔法を持っているのだが、つまりはそれと同じ様なものだろう。

「一《いち》か八《ばち》かだったけど、うまくいったわね！」

「言っておくが、もう二度とするなよ。今回はたまたまうまくいっただけだからな」

ルイスは念を押すと、国家魔術師の長衣を広げ、背中からリリアを抱き込んで温める。

「体はもう大丈夫か？」

「うん。まだ指の先端に痺れが残っている気がするけれど。平気よ」

ルイスはリリアの指先に触れる。そして己の口元へ持ってくると、そっと口に含む。

「ひゃっ！　何するの？」

「温めようと思って」

ニヤリと笑うルイスに、リリアが顔を真っ赤にする。

指を一本一本口に含み、舌を這わせているうちに、リリアが小さく色付いた息を漏らす。

全ての指を温め終えれば、リリアは熱に浮かされた様に、大きな目をうるうると潤ませていた。

ルイスは顔を寄せ、先ほど生命を吹き込んだその唇を、もう一度触れ合わせる。

「……んっ」

触れるだけの口付けを繰り返せば、ふわりとリリアの唇が緩む。

そこへ、舌をそっと差し込んでやる。リリアの温かな内側を感じ、ああ、生きているのだと、ルイスはまた目頭が熱くなるのを感じた。

冷たいリリアを抱きしめたあの感覚は、もう二度と味わいたくはない。

触れなかったところなどどこもないくらいに、長い口付けを終え、頬をすり合わせる。

このままその体の奥にまで触れてしまいたい、などと思ったところで。

「……オイ。助けに来たのに、なんでいちゃついてるんだよ」

ユリウスの冷たい声が聞こえ、二人は慌てて身を離した。

どうやら風の精霊の力を借り、いち早くここに駆けつけてくれたらしい。

顔を真っ赤にしながら、そっぽを向いているその様子が、うっすらと涙の滲んだその目が、非常に可愛い。

きっと、心配してくれていたのだろう。

「父様もマリウスももうすぐ来るよ。結界石は父様が予備で作っておいたのがあるから、大丈夫だってさ」

さすがは世界一の魔術師であり、一国の主人である。

危険回避《リスクヘッジ》はしっかりとしていたらしい。

気がつけば、随分と時間が経っていたようで、日が落ちかけ、周囲は薄暗くなっていた。

「ありがとう！　ユリウス！」

リリアが弟に抱きつく。やめろだの離せだのぎゃあぎゃあ文句を言いながら、その手はしっかりと姉の背に回している。

姉を失うかもしれないことが、彼も怖かったのだろう。

「リリア！　ルイス！　無事か⁉」

遠くからアリステアの心配する声が聞こえた。ユリウスと同じように、風の精霊の力を借りて来たのだろう。

彼が無事を願う人間の中に、自分の名が入っていることが、何やら感慨深い。

ルイスは大きく手を振って、尊敬する師匠であり、まもなく義理の父になるであろう彼に、自分達が無事であることを伝えた。

エピローグ　魔女は人の愛を知る

闇に呑まれた意識に、再び光が差し込んだ時。

泣きながら伸ばした手を、当たり前のように握ってくれる手があった。

自分の名前と思われる音の羅列を、愛おしげに呼んでくれる声があった。

温もりを求めれば、嬉しそうに抱き上げて頬擦りしてくれる、優しい人がいた。

幸せだった。たまらなく幸せだった。

かつての自分が、可哀想でたまらなくなるくらいに。——だから。


昔の自分と同じ、寂しい目をした男の子を、放っておくことができなかった。


彼を幸せにするために、自分は生まれてきたのだと、勝手に思い込んだ。

不器用で優しくて真っ当な彼のことが、好きで好きでたまらなかった。

自分の体を凍り付かせたのは、この生を、彼と生きる未来を、ぎりぎりまで諦めたくなかったからだ。

いつかの因果が自分に戻ってきたのはわかっている。それでも諦めたくなかった。

本当に蘇生できるかはわからない。これは、完全に賭けだ。

けれど水の精霊たちが、この身を守ってくれると請け負ってくれた。

無知で愚かだったかつての生から、変わらず自分のそばにいてくれる。大切な大切な友達。

（……ありがとう。大好き）

精霊たちに善悪の概念はない。

けれど自分が精霊たちに愛されていることは知っていた。


人間は愚かで、醜くて、けれどもどうしようもなく、愛おしい。


かつては切り捨ててしまったそれを、彼女は心から惜しんだ。

運に身を任せながら、できるなら彼に、もう一度会いたいと願う。

ようやく寂しい目をしなくなった、あの人に。

やがてまた闇に呑まれた意識に、光が差し込む。

耳が、切ない音を拾う。それは、間違いなく、耳に馴染《なじ》んだ音の羅列。

――大好きな、自分の名前。

「リリア……！　リリア……！」

なんとか自分を取り返そうと、必死に呼びかける声。愛してやまない、愛しい声。

温かく頬を打つのは、彼の赤い目からこぼれた涙だ。

戻ってこられたのだと、リリアは安堵する。そして。

——自分は生きることを許されたのだ、と。そんなことを思った。

◇◇◇◇

温かな湯に体を浸《つ》からせて、リリアはほうっとため息を吐いた。

父からもらった腕輪に、生命活動が危ぶまれると発動する自動回復機能が付いていた上に、リリアを愛する水の精霊たちがせっせと回復魔術をかけてくれるおかげで、もう体は完治していた。

それでもどこか冷えた感覚が残っているために、ラザフォードの城に戻ってすぐにリリアが希望したのは、入浴することだった。

肉体は回復しても、精神や感覚は回復には時間がかかるものなのだ。

「ふー。気持ち良い……」

前領主が作った贅沢な大理石の浴槽に肩まで浸かり、リリアはほうっと大きなため息を吐いた。

あの後、アリステアが予備に作っていた結界石により、最悪の事態は免れた。

無事ファルコーネ王国に新たな結界が張られ、残る仕事は結界内に取り残され弱った魔物の駆逐だけだ。

父と弟たちは結界を確認したのち、一度ガーディナーへと戻った。

結婚式の前日に、母とルイスの祖父母を連れてこちらへ来る予定だ。

そう。もうすぐ念願の結婚式である。

ようやく名実共に、ルイスのお嫁さんになれる日が来るのだ。

（幸せすぎて死んでしまいそう……！）

そんなことを思いながら浴槽の縁に顎を乗せ、一人ニヤニヤ笑っていると、突然浴室の扉が叩かれ、リリアは驚き小さく飛び上がる。

「リリア。俺も入って良いか？」

「えっ……⁉」

扉の向こう側にいるのはルイスだ。想定外の事態にリリアが情けない声をあげると、小さく笑った声がした。

「それで、入っても？」

「ど、どうぞ……」

リリアは下を向いて顔の半分を湯につける。恥ずかしすぎて彼の方を向けない。

扉が開かれ、ひたひたと裸足《はだし》で大理石の上を歩く音がする。

体をお湯で流す音、それからこちらへと近づいてくる気配。

見ない様にしていたら、余計に彼が立てる音に敏感になってしまう。

そして、彼が浴槽に入ってきて、ようやくリリアは顔を上げることができた。

湯に肩まで浸かり、肌が色づいたルイスがそこにいる。

何やらいつもより彼の色気が倍増しており、リリアはのぼせてしまいそうになる。

ルイスはそのままお湯の中を移動して、彼女のそばに寄ると、悪戯っぽく笑った。

「触れてもいいか？」

今日も恋人が誠実である。

ルイスはリリアの愛読書の恋愛小説の男主人公の様に、強引に迫ることはない。

リリアが頷くと、逞しい腕で強引に引き寄せられ、食らいつく様に唇を奪われた。

どこか焦りの様なものを感じる。彼の手が、リリアの臀部《でんぶ》に当てられ、ぞくぞくと背筋に震えが走った。

喰む様に唇を動かされ、思わずその間を緩めてしまえば、そこからルイスの舌が入り込む。

「んっ、んんっ……」

ルイスの舌が、リリアの口腔内を蹂躙する。

いまだに息継ぎの頃合いがわからず、鼻にかかった声が漏れてしまう。

つい先ほどたまには強引にしてほしいな、などと思ったのだが、実際にされてみると、これはなかなかに刺激が強い。

ルイスの手がリリアの大きな乳房を包み込む様に掴《つか》み、やわやわと揉《も》み上げる。

そのくすぐったさに身悶えれば、今度は色づいた円の縁を、くるくると指でなぞられた。

気持ちが良いのに、やがて物足りなさが募り出す。

ツンとした感覚がして、何かを期待する様に、胸の頂が硬く痼《しこ》るのが自分でもわかる。

思わず訴えかけるように身悶えすれば、指先でその突起を引っ張り上げる様に摘まれた。

「あっ……」

痛みに転じそうなほどの強い快感に、腰が浮いて、リリアは思わず声をあげる。

ルイスはリリアの背後に周り、抱き締めるとまた胸を甚振り始めた。

優しく擦りあげ、リリアが物足りなさを感じ始めたところで、強く押し潰したり、摘み上げたりを繰り返す。

「んっあ、あ……」

強弱をつけて与えられる快感に翻弄され、だらしない声が漏れてしまう。

臀部に、熱くて硬い何かを感じ、余計に居た堪れなくなる。

やがて下腹部に熱がこもり始め、それを逃そうと両膝を擦り合わせたら、腕を差し込まれ、妨害されてしまった。

そして脚の間にある割れ目に、後ろから指が伸ばされ、上から下へとなぞられる。

「んっ……」

お湯とは違う、粘度のある液体が、すでにそこには纏わりついていて。

ルイスの指先を、容易く受け入れてしまう。

リリアの秘裂を指の腹で押し開きその内側を露出させると、ルイスはぬるぬると、襞《ひだ》の中を探り出す。

「良く濡れているな」

ルイスに嬉しそうに言われ、リリアは湧き上がる羞恥で小さく震えた。

「だって、ルイスがそんなふうに触るんだもの……」

大好きな人に触れられたら、気持ち良くなってしまうのは当たり前のことで。

ルイスは嬉しそうに笑って、硬い指先で、蜜口の上に隠された小さな神経の塊に触れた。

「ひっ……」

その瞬間、体に走ったこれまでにない強い快感に、リリアが腰を跳ねさせる。

ルイスは目の前にあるリリアの小さな耳を舐り、甘噛みをしながら、指先に蜜を絡ませてその小さく硬い突起の根本を、やはり強弱をつけて執拗に刺激してきた。

明るい浴室の中、ルイスの指が自らの秘部に触れる様が全て見えてしまい、リリアは羞恥に苛まれ、さらに興奮してしまう。

「指を挿れてもいいか？」

耳元でわざわざ許可を請うその熱っぽい声さえも、なぜか意地悪に感じる。

リリアは何も言えず、頷くことしかできない。

溢れ出す蜜で、リリアはルイスの指を内側へすんなりと飲み込む。

「んっ……！」

最初の頃は異物感ばかりを感じたそこは、今では欠けていた何かが満たされた様な、不思議な充足感を感じさせてくる。

「っあああ……！」

膣壁を優しく撫でられながら、同時に親指で陰核を押し潰された瞬間。

リリアの中でじわじわと溜まっていた快楽が、一気に弾け飛んだ。

絶頂に達したリリアは、がくがくと腰を震わせながら、中に入ったままのルイスの指を、脈動と共に締め付ける。

「ま、まって……！　今、だめ……！」

絶頂の余韻で脈動を繰り返す膣内を、ルイスはそのまま容赦なく探り続ける。

おかげで高みから降りて来られず、リリアは悲鳴を上げた。過ぎる快楽は、苦しい。

「ひ、あ、ああ……！」

そして、立て続けにもう一度絶頂すると、とうとうぐったりと脱力し、背中を包むルイスにもたれかかってしまった。

「気持ち良かったか？」

そう意地悪に聞かれて、リリアはぼうっとした頭で頷くことしかできなかった。

体を持ち上げられ、向かい合う様にひっくり返される。

飢えたような、ルイスの顔を見たら、もう駄目だった。

指では届かない腹の奥が、寂しくてきゅうきゅうと引き絞られる様に蠢《うごめ》いている。

ルイスが欲しくてたまらない。

「ルイス……お願い……」

どうかこの体を、余すところなく満たしてほしい。

快楽にとろけた顔で懇願するリリアを、ルイスは嬉しそうに見つめた。

「――ああ、いくらでも」

ルイスはリリアを両手で抱き上げると、リリアの体を、己の腰の上にゆっくりと下ろした。

蜜口にルイスの欲望があてがわれ、待ち望んでいたその熱に、物欲しげにそこがひくりと戦慄いた。

「ああっ……！」

すると体から手を離され、自重で一気にずぶりとルイスが入り込む。

指とは比べ物にならない質量に膣壁を押し開かれ、最奥まで穿たれて。

リリアは背中をそらし、高い声を上げた。

「くっ……」

思わず強く締め上げてしまったからか、ルイスが眉間に皺を寄せて、苦しげな声を漏らす。

彼のそんな情けない顔が可愛くて、リリアはぼうっとした意識の中、小さく笑ってしまった。

それを見たルイスは少し不貞腐れた顔をし、下から激しくリリアを突き上げた。

「ひっ！　あ、ああっ……！」

その強過ぎる快感に、思わず体を逃そうと腰を引こうとするが、ルイスの手がリリアの腰を掴み、逃してはくれない。

浴槽の湯が、激しい動きに合わせて波立つ。

「あ、ああっ！　あっ……！」

膣壁を抉られ、子宮を押し上げられて。

律動と共に、思わず悲鳴のような声を上げてしまう。

「ルイス、ルイス……」

許しを乞うように、彼の名を呼ぶ。

そして縋る様にその首にしがみつけば、ルイスの荒い息遣いが耳の中に響き、余計に腰から力が抜けてしまった。

「気持ち良い……」

こんなにも、生きていることを感じる。

生きていてよかったと、強く思う。

「ああ、気持ち良いな」

ルイスの目に、また涙が浮かんでいた。

彼の涙を見たのは、初めて会ったあの時以来で。

滅多《めった》に泣かないルイスのその涙に、彼に与えてしまった恐怖と絶望を思う。

「……愛している。一生俺のそばにいてくれ」

ようやく、ずっと自分の方にばかり傾いていた天秤が、綺麗に釣り合った気がした。

「うん。ルイス、大好き」

きっと彼なら、どんなに醜くて重い感情でも、笑って受け入れてくれるだろう。

リリアは両脚をルイスの体に絡ませて、自分から腰を引き寄せた。

苦しいくらいに奥まで彼が入り込んで、その多幸感に酔いしれる。

ルイスが己の快感を求めて、激しくリリアを揺さぶりだした。

リリアも目を瞑り、彼の与えてくれる快感を追う。

「――――っ！」

そして声も出せないくらいの深い絶頂と共に、ルイスもまたリリアの奥深くで果てた。

お互いに固く抱き合って、身体中を満たす暴力的なまでの快感を堪える。

繋がった部分が、大きく脈を打っている。

激しい鼓動と、荒い呼吸、張り付くように汗ばんだ肌。

生きているが故のその全てを、ただ甘受する。

ようやく快楽の波が収まると、リリアはそのままぐったりと浴槽に沈み込みそうになった。

火の精霊に愛されたルイスと違い、リリアは熱にそれほど強くないのだ。

すっかりのぼせてしまい真っ赤な顔をしているリリアに、ルイスは慌てて己のものを引き抜くと、浴槽からリリアを抱き上げて寝室に運んだ。

それからいつものように丁寧にリリアの体と髪を乾かし、柔らかな寝衣に着替えさせてくれる。

「……すまない。つい夢中になってしまって」

寝台でぐったりしているリリアに、大きな体を小さくしながら謝るルイスが可愛い。

夢中になったのは、リリアも同じだ。

のぼせているのか興奮しているのか、途中でわからなくなってしまうほどに。

「……リリアが生きていることを、しっかり実感したかったんだ」

氷漬けになったリリアが、すっかり精神的な傷になってしまったらしい。

確かにリリアだって、氷漬けになったルイスなど、怖くて考えたくもない。
こうして生きて触れ合えること。その素晴らしさを再認識する。
「……ルイス。抱っこ」
リリアは手を伸ばし、子供のように彼に抱擁をねだる。
するとルイスは目を瞬いて、それから笑ってリリアを抱きしめてくれた。
抱きしめてほしい時に、抱きしめてもらえる腕。
それが、どれほど得難いものか知っている。
リリアはずっと、ルイスの家族になりたかった。
彼が寂しい時に、いつだってそばにいたかった。
もう二度と、ルイスが寂しい目をしないように。
今、幸せそうに細められた、ルイスの赤い目を見つめる。
そこにはもう、かつての孤独の色はどこにも見つけられない。
――――リリアの願いは、恋は、叶ったのだ。
「……ねえ、ルイス。私をお嫁さんにして？」
確かめるように、何回繰り返したかわからない言葉を、もう一度口にする。
するとルイスは目をわずかに見開いて、それから「ああ」と笑って頷いた。

ファルコーネ王国は、ガーディナー大公から提供を受けた新たな結界によって、守られることとなった。

◇◇◇◇

数日のうちに、目に見えて魔物の被害がなくなり、当初ヨハネス王の政策に否定的な目を向けていた者たちも、瞬く間に黙った。

結局は誰しも、この国から魔物がいなくなることを、願っていたのだ。

そして、数人の国家魔術師が反逆罪で捕縛、処刑された。

初代魔術師長を盲信し、魔術師であることに強い選民思想を持ち、またファルコーネ王国に異常な愛国心を持った者たちだった。

そんな彼らが、密かに新たな結界の破壊と、リリアとユリウスの命を狙っていた。

彼らはガーディナーとの対立を煽り、戦争をしてでも裕福なガーディナーをファルコーネに取り返すべきだとの主張を繰り返していた。

どうやら国王ヨハネスが、ガーディナーの独立を認めたことが、許せなかったようだ。

だが元々ガーディナーは竜や魔物が跋扈《ばっこ》し、とてもではないが人が住めない土地だった。

そこに結界を作り、魔物を駆逐して、人が住めるようにしたのは、他ならぬガーディナー大公自身だ。

かつて見捨てられていた土地を、裕福になったからと一転、いまさら所有権を主張するのは、流石に烏滸がましいだろう。

そしてファルコーネとガーディナーは、当初の予定通り、友好関係を結んだ。

国境には二国間の緩衝地帯として、ラザフォードという名の自治領ができた。

ファルコーネ王国国王ヨハネスの腹心の臣下と、ガーディナー公国大公アリステアの愛娘が夫婦として共にその地を治め、その後、二国間に緊張が走るたびに中立を貫き、両国と辛抱強く交渉し、いくつもの諍《いさか》いを治めることとなったという。

◇◇◇◇

「良い天気だなー……」

国王ヨハネスの言葉に、無事この日を迎えることができたルイスも、頷く。

若き二人の門出を祝う様に、ラザフォードの空は晴れ渡っていた。

精霊たちも祝ってくれているのかもしれないな、などと思ってルイスは笑う。

「ほら、花嫁が待ってるぞ。行ってこい。ルイス。――結婚おめでとう」

肩の荷が下りたのだろう。裏表なく晴れやかに笑うヨハネスに、ルイスもまた笑った。

今日は、ファルコーネ王国国王ヨハネスの腹心であるルイス・ラザフォード伯爵と、ガーディナー公国の公女、リリア・ガーディナーの婚礼の日だ。

両国より国主が参列するという、歴史書に記されるであろう婚礼だ。

新郎であるルイスは、国家魔術師の長衣を身につけ、神殿の祭壇の前で、花嫁であるリリアを待つ。

国家魔術師の長衣は最上位の礼服であり、婚礼の際もこれを纏うことが多い。

よってルイスもその慣習に則《のっと》り、この国家魔術師の長衣を身につけることを選んだ。

なんだかんだ言って、この長衣を誇りに思っているのだろう。

やがて重厚な両開きの扉が開かれ、花嫁が現れる。

「――ああ、綺麗だ」

花嫁姿のリリアを見て、ルイスは思わず言葉を漏らし、目を細めた。

部屋でリリアが毎日幸せそうに見つめていた花嫁衣装に、ルイスは綺麗だと思いつつも、それほどの関心はなかったのだが。

こうしてリリアが身に纏って、初めてその価値がわかった気がする。

ルイスの姿を見たリリアは嬉しそうに、幸せそうに、微笑んだ。

父であるガーディナー大公アリステアの腕に手をかけて、ゆっくりとルイスの方へ向かって、しずしずと歩いてくる。

娘と共に歩くアリステアの目が若干涙目なのは、義理の息子として、ちゃんと見ないふりをした。

リリアの手が、父であるアリステアの腕から、夫となるルイスの腕へと委ねられる。

そして、新たな夫婦となった二人は寄り添い、神の前で永遠の愛を誓い合った。

式に参列したルトフェルは、孫息子の幸せそうな姿に目を細めた。

自分の意思とは関係なく、火の精霊に愛されすぎてしまった、哀れな子供。

かつてこの世の全てを憎んでいた子供は、今は隣にいる妻を愛おしそうに見つめている。

「……良かったですね。これですべてあなたの思惑通りですよ、ルトフェル様」

背後から近づいてきたアリステアの言葉に、老いた魔術師は白髪混じりの赤い眉を、片方だけ大袈裟に上げてみせた。

「おや、なんのことかさっぱりわからないなあ」

「耄碌《もうろく》したふりをしてんじゃねえですよ。この狸爺《たぬきジジイ》が」

怖い怖いとわざとらしく身を竦める老人を、アリステアは冷たく睨《にら》み付ける。

「あなたはいずれ自分に、追い詰められたファルコーネから帰国命令が出ることを知っていた。そして自分の代わりに、お人好しのルイスがファルコーネに行くと言い出すことも、わかっていたんです。だからこそ、私にルイスへの愛着を持たせようとしたんでしょう」

アリステアは一度己の懐に入れた人間を、酷く大切にする。

だからこそルトフェルは、これまで弟子を取ったことのないアリステアに、ルイスを師事させようと考えたのだ。

ルイスがいずれ、アリステアの大切なものの一つになるようにと。

だがルトフェルは何も言わず、ただ、誤魔化す様にへらへらと笑うだけだ。

「もちろん老獪《ろうかい》なあなたのことです。ララやリリアがルイスを気に入ることも、しっかりと想定していたのでしょうね」

かつての自分たちのように、化け物と呼ばれ家族に愛されなかった、可哀想な子供。

ララやリリアが手を差し伸べずにはいられない、哀れな子供。

「そうして私がファルコーネ王国に行ったルイスを、ひいてはファルコーネ王国そのものを、助けざるを得ない状況を作り上げた」

「さあな。考えすぎじゃないのか？　――それに」

ルトフェルは戯けるように肩を竦めた。

「結果的にはめでたしめでたし、だろ？」

終わりよければすべてよし、とでも言わんばかりのルトフェルに、この狸爺、とアリステアはもう一度心の中で毒吐く。

この何をしても勝てない感じが、本当に嫌になるのだ。

「あなたの良いように動かされたことが、実に不愉快なんですよ。また何か企《たくら》んでやがるんだろうな、と思って警戒していただけに」

「あはははー。お口が悪いぞー」

アリステアは相変わらず適当なルトフェルを、忌々しげに睨みつける。

それから心を落ち着かせんと一つ大きなため息を吐いて、妻が仕立てさせた美しい花嫁衣装に身を包み、愛しい男の腕に自らの腕を絡めて幸せそうに笑う娘を、眩しげに見やる。

「……ですがあなたの孫息子は、あなたよりも遥かにまともな人間です。娘の幸せそうな姿も見られたことですし、まあ、良しとしましょう」

「いやあ、大人になったねえ！　アリスちゃん！　俺は嬉しいよ！」

「ですが目障りなので、いい加減とっとと往生してくださいね」

「酷っ……！　あと十年は生きるつもりなのに！」

図々しくもまだそんなに生きるつもりなのかと、アリステアは内心舌打ちをする。

だが、己の死んだ後のことなど全く考えない人間も多くいる中で、子供たちにより良き未来を残そうと考えた、その気概だけは認めてやろうと思う。

それに巻き込まれるのは、もちろん酷く癪《しゃく》に触るのだが。

そそくさと逃げるルトフェルの背中を冷たく見やれば、そっと手に触れる温もりがある。

「……うふふ。寂しいの？　私の可愛いアリス」

振り返れば、そこにいたのは長年連れ添った妻だった。

揶揄《からか》う様にそう言って、おっとり微笑み自分を見上げてくる。

――そう。多分寂しいのだろう。自分は。

生まれたばかりの娘は、驚くほどに小さくて、驚くほどに軽くて、驚くほどにふにゃふにゃと柔らかくて。

何がそんなに悲しいのか、いつも泣いてばかりいた。

できるだけ自分の手で育てたいという妻の希望で、娘の世話のほとんどを夫婦二人で行った。

初めての子育ては、わからないことだらけだった。

とにかく毎日が必死だった。目を離せば、すぐにでも死んでしまいそうな、か弱い存在。

こんな弱々しくてちゃんと生きていけるのかと、心配になった。

初めて声を上げて笑った日。初めて一人で立ち上がった日。初めて言葉らしい言葉を発した日。

――『とうさま』と、初めてそう呼んでくれた日。

そんな日々を、つい最近のことのように感じるのに。

「……あまりにも、早いと思ってしまうのですよ」

娘が巣立ち、この手を離れることが、こんなにも早いだなんて思わなかったのだ。

「そうね。あっという間だったわね」

何やら淡々としていると思いきや、妻《ララ》も寂しいと感じているらしい。

確かにこれまで誰よりも長く娘のそばにいたのは、ララだ。寂しくないわけがなかった。

けれど涙脆《もろ》い彼女にしては珍しく、この場でただ誇らしげに笑っていた。

「……うふふ。アリスは泣き虫ね」

気がつけば、視界が潤んでいた。

慌てて瞬《まばた》きを繰り返し、涙を散らす。良い歳をして情けない。

「……私だけは、死ぬまであなたのそばにいるわ。それで我慢してちょうだい」

身を寄せてきたララの小さな手を握りしめ、アリステアは小さく嗚咽を漏らす。

降りしきる花びらの中、娘とその夫がこちらに気付き、笑顔で手を振って走り寄ってくる。

――右手にある妻の温もりと、その娘の笑顔に。

ああ、確かに自分は幸せなのだと、アリステアは思った。

番外編　初めての夜の話

弱冠三歳で恋に落ち、必死に追いかけ回すこと早十六年。

今日、リリアはようやく初恋の相手であるルイスと結婚した。

我ながら実にしつこい……もとい、一途である。

そして今夜は、結婚してから迎える初めての夜。つまりは『初夜』である。

正直なところ、すでに結婚前から数え切れないくらいに体を重ねてきており、若干の今更感はあるものの、誰が何と言おうが、今夜は『初夜』である。

リリアは徹底的に体を磨き上げ、薄く織り上げられた絹のナイトドレスを身に纏い、夫婦の寝室の寝台の上で、万全の体制で夫の訪れを待っていた。

だが婚礼の祝宴は、夜を徹して続くもの。

リリアは初夜の準備があるからと早々に退席したのだが、色々な人たちに絡まれていたルイスは、逃げられずにその場に残っていた。

なんせ、みんなルイスのことが大好きなのだ。もちろん自分も含め。

ちゃんと夫は返してもらえるのだろうか。若干……、いや、かなり不安である。

（……楽しいことを考えよう）

前向きなリリアは頭を切り替え、今日の結婚式を反芻する。

なんせ恋に落ちてからの十六年間。ひたすら夢と希望と妄想を重ねた、念願のルイスとの結婚式である。

熟成させたそれらを、余すところなくつぎ込んだ、素晴らしい式になったと思う。

リリアの好みを熟知している両親が用意してくれた花嫁衣装は、子供の頃憧れたままに、ふんわりと裾の拡《ひろ》がる可愛らしいもので。

金糸と銀糸で施された緻密な刺繍は、何度見てもうっとりとため息を吐いてしまうほど、素晴らしかった。

その一部は、リリアの家族の手によって施されたものだという。

愛する娘の、そして姉の幸せを願って、彼らが一針一針刺してくれたのだとか。

父と弟たちの刺した刺繍は熟練のお針子の刺した部分と遜色なく、どこかはわからなかったのだが、母が刺したであろう部分は、すぐに分かった。

なんせ、そこの刺繍だけ妙に描く歪なので。

ガーディナー大公家の男どもは何故か皆やたらと器用な一方、母とリリアは何故かどうしようもなく不器用だった。

だが母が不器用なりに一生懸命ちくちくと刺したのであろうことが察せられ、リリアはその刺繍を見るたびに、嬉しくて心がほっこりしてしまうのだ。

どうせ至近距離で見ない限り、多少の歪みなどわかるまい。

そしてリリアの首と耳を飾ったのは、ファルコーネ国王ヨハネスから贈られた、金剛石と真珠だ。

これらは古竜討伐の恩賞として、ヨハネスからリリアに授与されたものだった。

リリアはルイスへの付き纏いの上、無許可で勝手に討伐に乱入した身であり、恩賞を貰って良いような立場ではないと固辞したのだが。

『今の王家には女性がいないから、宝飾類がやたらと余ってるんだよね』などと言われ、一方的に押し付けられた。

確かにヨハネスは先王や兄弟たちを綺麗に片付けた後、贅に溺れた彼らの妻や愛人らを、容赦無く身包《みぐる》み剥がして王宮から追い出した。

おかげで、かなりの王室費が浮き、国庫が潤ったという。

さらに彼らによって無駄に購《あがな》われ溜め込まれていた宝飾類も、ヨハネスは売り払おうとしたのだが、そのあまりの量に、一気に市場に放出すれば宝石価格の暴落は避けられないと判断。

結局それらは王宮の宝物庫で山積みにされ、放置されることとなった。

『それよりもリリア姫に使ってもらった方が、宝石も喜ぶと思ってね。だから貰ってよ』

そしてそんな軽いノリで、その山の中にあった揃いの一式を、ヨハネスから渡されたのだが。

使用されている金剛石は大きく、透明度が高く、さらには傷ひとつなく。

真珠もまた大きく、粒が揃っており、やはり傷ひとつない。

つまりはこの首飾りと耳飾り。明らかに国宝級の逸品である。

そしてその価値をまるでわかってないであろうルイスに、『別にもらっておけばいいんじゃないか？　ヨハネスも喜ぶし』などと言われ、うっかり素直に受け取ってしまったのだ。

確かに式に参列してくれたヨハネスは、リリアを飾るその宝石を見て嬉しそうに笑っていたので、良かったのだろう。特に何らかの政治的な裏もなさそうだ。

リリアの花嫁姿を見て、母は『リリア、素敵よ……！』と若い娘の様にきゃっきゃとはしゃいで喜んでくれ、父はむっつりと黙ったまま、じっとリリアを見つめ、目を潤ませていた。

気立てが良い方の弟マリウスは、『リリ姉様、本当に綺麗！』と目を潤ませ絶賛してくれたので、万感の思いを込めて熱い抱擁を交わしておいた。

一方生意気な方の弟ユリウスは、『うわーリリ姉盛ったなー。これぞ馬子にも衣装！』などと言い出したので、全身に吹雪をお見舞いしておいた。

そしてルイスは、まるで魂が抜け落ちてしまったかの様に、ぼうっとリリアに見惚れ、『綺麗だ……』と溢《こぼ》し、蕩ける様に笑った。

そんなルイスもいつも無造作にしている髪を纏めており、大人びて死ぬほど格好良い。

それを見たリリアは、生きていてよかった、と思った。

まるでリリアの心に呼応するかの様に、空は晴れ渡り、天候にも恵まれた。

皆に祝福され、間違いなくリリアは、自分が世界で一番幸せな人間だと思った。

リリアが今日の思い出に浸っていると、寝室の扉がノックされた。

驚いたリリアは、寝台の上で小さく跳ね上がり、慌てて立ち上がった。

「ど、どうぞ……」

声をかければ、扉が開き、そこからルイスが入ってきた。入浴してきたのだろう、ガウンを羽織っただけの姿で、髪が雫《しずく》で濡れている。

「ルイス！」

喜びで顔を輝かせたリリアは彼に走り寄り、しかしその周囲の猛烈な酒精臭に思わず立ち止まってしまった。

ランプで照らしてみれば、ルイスの顔は真っ赤で、目はとろりとしている。

明らかに、酒精の過剰摂取である。

おそらく入浴したことで、さらに酒精が体に回ってしまったのだろう。

「…………」

ルイスにこんなにも酒を飲ませた犯人は、もちろん大体推測できる。

今夜が初夜だと知っていて、この所業。後で痛い目に合わせねばなるまい。

「リリア、リリア、リリア……」

完全に酔っ払っているルイスがふにゃふにゃと笑って、リリアを抱きしめると、すりすりとその頬に頬擦りをしてきた。

「リリア……可愛い……大好き……」

そして背中を丸め、リリアの顔中にちゅっちゅと口付けを落とし、幸せそうに笑う。

「………」

何なんだ、この可愛い生き物は、とリリアは思った。

このまま誰にも見せないよう、この部屋に監禁してしまいたいくらいに可愛い。

そういえばこれまで、ルイスが酒に酔っ払っているところを、見たことがない。

まさか彼がこんな幼児化系の酔い方をするとは。知らなかった。

これはもう定期的に酒を摂取させ、愛でるしかない。

先ほどルイスに酒を飲ませた輩《やから》に制裁を考えていたリリアは、彼らを許した上で、むしろ礼を言いたくなった。

もしかしたら、自分がこういう酔い方をすると知っていて、ルイスはリリアの前では飲酒をしてこなかったのかもしれない。

ルイスはリリアを抱き上げて、ふらふらと千鳥足で寝台に連れて行くと、そのまま押し倒した。

「リリア……可愛いなあ……俺の奥さん」

ニコニコと笑うルイスに、可愛いのはあなたです！　と叫びそうになるのをリリアは必死に堪えた。

ルイスが、リリアの唇を塞ぐ。

「んっんん……！」

酒精の味を纏わせた舌がぬるりと口腔内に入り込んできて、リリアまで酔ってしまいそうだ。

舌を絡ませ合い、唾液を交換し合い、息も絶え絶えとなったところで、ようやく解放される。

「リリアは……俺のこと、好き？」

それから潤んだ目の上目遣いで幼く聞かれ。

「好きに決まってるでしょー!!」

思わずリリアは叫んだ。

好きに決まっている。むしろ愛している。ルイスの可愛さが限界を突破している。

すると「嬉しいなあ」と言って、ルイスが幸せそうにのほほんと笑う。

「俺も。リリアのことが、大好き」

ルイスがガウンを脱ぎ、寝台の下へと投げ捨てる。

逞しい成人男性の体が顕になる。幼い行動に対し、その不均等さが素晴らしい。

リリアの心臓が、バクバクと激しく鼓動を打つ。

このままでは興奮のあまり、天に召されてしまうかもしれない。

「……ルイスは、いつから私のことを好きになってくれたの？」

今ならばこれまで聞けなかったことを聞けそうだと思い、リリアは聞いてみた。

「んー？　リリアと初めて会った時からだよ」

リリアのナイトドレスを脱がしながら、ルイスが答える。

「ええ⁉」

まさかそんな昔からとは思わず、リリアは驚き目を見開いた。

それはつまり、リリアが三歳でルイスが五歳の時のことか。

「ララさんのドレスの裾に隠れたリリアは、すごく可愛かった……」

思い出しているのだろう、目を細めてうっとりと語るルイスに、リリアの視界が潤む。

――自分だけではない。自分だけではなかったのだ。

「そのときからずっと、リリアのことが好きだったよ」

互いに生まれたままの姿になり、強く抱き締め合う。

触れる素肌が、気持ちが良い。リリアはうっとりとし、そして。

「ひゃっ……！」

ルイスの指が、容赦無く脚の間の割れ目に這わされ、突然与えられた刺激に、高い声を上げてしまった。

さらに、胸の頂を甘噛みされ、吸い上げられ、舌で押しつぶされる。

「あっ……！　やっ……！」

こんなにも性急なルイスは、初めてだ。

おそらく酒精のせいで箍が外れてしまっているのだろう。

だがルイスに従順なリリアの体は、強引な愛撫にもすぐにぐずぐずに溶けて、ルイスを受け入れる準備をしてしまうのだ。

蜜を湛えた膣に指を差し込まれ、膣壁をぐにぐにと押し上げられ、痛いくらいに勃ち上がった陰核を強く押しつぶされて。

「あああっ……！」

リリアはあっという間に、達してしまった。

体をビクビクと跳ね上げて、ルイスの指をぎゅうぎゅうと締め上げる。

これで解放されるかと思いきや、ルイスは執拗にその指を止めてくれない。

これでは絶頂から降りてこられない。過ぎた快楽は、苦しい。

「ルイス……！　もういいからぁ……！」

リリアが縋って、ようやくルイスの指が内側から引き抜かれる。

ぐったりとしてしまったリリアの脚を大きく開かせると、ルイスはそこへ己の体を入れ込んだ。

「俺にはずっと、ずっと、リリアだけだよ」

耳元で囁かれ、リリアは思わず涙を流す。

「──っ！」

そして、一気に腹の奥を突き上げられた。

衝撃に、リリアは思わすルイスの背中に爪を立ててしまう。

だが、ルイスは止まらず、リリアを容赦無く揺さぶった。

「あっ、やっ！　ああっ……！」

いつもの気遣いもない。だが、それがむしろリリアを興奮させる。

足をルイスの腰に絡ませ、リリアは甘い声をあげる。

「ああ、可愛い。可愛いなあ……好き……」

ルイスが譫言《うわごと》の様に呟きながら、リリアを苛《さいな》む。

彼の本当の心が、剥き出しになっている様で、リリアは嬉しかった。──だが。

酒精に侵されているせいか、ルイスはなかなか達することなく。

リリアは普段よりもはるかに長い時間、彼に揺さぶられ続ける羽目になり。

「──っ！」

ようやくルイスがリリアの中で吐精した頃には、過ぎる快感と疲労で、半ば意識が朦朧《もうろう》としていた。

（し、死んじゃう……！）

「――リリア、愛してる」

白目を剥きかけたリリアに頬擦りをしながらそう言って、ルイスは体を繋げ合ったまま、幸せそうに眠りの世界へと旅立ってしまった。

酒に酔っぱらったルイスは途方もなく可愛いが、我が身は非常に危険かもしれない。

リリアもまた暗転する意識の中、そんなことを思った。


翌朝、目を覚ましたリリアが一番初めに目にしたのは、初夜を台無しにしてしまったと、全裸のまま寝台の上で土下座するルイスだった。

残念ながら、ルイスはどんなに酔っ払っても記憶は失わない体質らしく、昨夜のことを全て覚えていたらしい。

「リリア……頼む……昨晩のことは忘れてくれ……！」

激しい羞恥と酷い二日酔いに苦しむルイスに、もちろんリリアはにっこり笑って「嫌」と答えた。

あとがき

初めまして、こんにちは。クレインと申します。

この度は拙作『炎の魔法使いは氷壁の乙女しか愛せない　魔女は初恋に熱く溶ける』をお手に取っていただき、誠にありがとうございます。

今作は一昨年書かせていただきました『ヤンデレ魔法使いは石像の乙女しか愛せない　魔女は愛弟子の熱い口づけでとける』の続編であり、次世代編となっております。

前作『ヤンデレ魔法使いは石像の乙女しか愛せない～』は昨年、セキモリ先生の手によって、素敵にコミカライズしていただきました。

これがまた原作から解像度が増し増しの、本当に素晴らしいコミカライズでして。

それによりこの作品世界が多くの方々の目に触れることとなり、今回、続編を書く機会をいただくことができました。セキモリ先生には感謝しかございません。

正直なところ、前作が綺麗に終わっていることもあり、続編を出すことに不安や葛藤があったのですが、ありがたくも前作のヒーローとヒロインが幸せに暮らしている未来の話を読みたい、という声を多くいただきまして、頑張ってみようと奮起いたしました。

そして前作の主人公であるララとアリステアの娘である、良く言えば一途で行動力の塊であるリリアと、そんな彼女に振り回される生真面目で優しいルイスと、二人を取り巻く愉快なガーディナー一家を、楽しく書かせていただきました。

前作では明らかにされなかったこの世界の秘密や、解決できなかった問題についても、ちゃんと決着させることができたと思います。

この世界を愛してくださった皆様に、楽しんでいただきたい一心で今作を書き上げました。

前作に引き続き、可愛いリリアと格好良いルイスを描いてくださったウエハラ蜂先生、ありがとうございます！

やはり今回も頂いたイラストのあまりの美麗さに、口から魂が抜けそうになりました。

毎回恒例ながら色々とご迷惑をおかけしてしまった担当編集様、続編を書く機会を下さった竹書房様、ありがとうございます。

続編ということで、いつもにも増して弱気になっている私を元気付け、前を向かせてくれた夫、ありがとう。

そして最後にこの作品にお付き合いくださった皆様に、心より御礼申し上げます。

相変わらず解決できない問題だらけの日々が続いておりますが、この作品が少しでも皆様の気晴らしになれることを願って。

クレイン

蜜猫 Mitsuneko Label

蜜猫文庫をお買い上げいただきありがとうございます。
この作品を読んでのご意見・ご感想をお聞かせください。
あて先は下記の通りです。

〒102-0075 東京都千代田区三番町 8 番地 1 三番町東急ビル 6F
(株)竹書房　蜜猫文庫編集部
クレイン先生 / ウエハラ蜂先生

炎の魔法使いは氷壁の乙女しか愛せない
魔女は初恋に熱く溶ける

2023 年 3 月 1 日　初版第 1 刷発行

著　者　クレイン　
発行者　後藤明信
発行所　株式会社竹書房
〒102-0075 東京都千代田区三番町 8 番地 1 三番町東急ビル 6F
email : info@takeshobo.co.jp
デザイン　antenna
印刷所　中央精版印刷株式会社

ポンコツ魔女ですが、美少年拾いました
呪いが解けたら、えっちな猛攻プリンスに成長するなんて聞いてません!?
葉月エリカ
Illustration Ciel

ラーナの初めては、俺が全部もらうって決めてたから

未熟な半魔女のラーナは、森で倒れていた十二歳の少年ウィルを拾い、一緒に暮らしていた。呪いのせいで成長せず、自分の素性も話せないウィルだったが、いつまでも子供扱いしてくるラーナに憤り、キスしたとたん二十歳の美青年の姿に!「触ってみたかった。ずっと」熱く囁きながら押し倒してくるウィルに流されて、快感を覚えてしまうラーナ。弟のように思っていた彼の情熱に戸惑うも、気持ちは徐々に傾いていって……!?